舞踏会の夜に抱かれて

CROSS NOVELS

日向唯稀
NOVEL:Yuki Hyuga

明神 翼
ILLUST:Tsubasa Myohjin

CONTENTS

CROSS NOVELS

CONTENTS

舞踏会の夜に抱かれて

Presented by
Yuki Hyuga
with
Tsubasa Myohjin

日向唯稀

Illustration 明神 翼

CROSS NOVELS

1

新春——パリ郊外。

〝親愛なる友へ。限りある時間を至高の空間で至高のサービスとともに過ごしませんか?〟

香山響也が、米国屈指の富豪かつ実業家で、生涯のパートナーでもあるアルフレッド・アダムスへ届いた招待状を手に、兄カップルと末弟をも伴って渡仏したのは年明け早々、大学の冬休み中のことだった。

そこは、近年外観はそのままに大規模修繕がなされ、会員制の高級ホテル・倶楽部貴賓館パリとして生まれ変わったプチシャトー。

ゆったりとした庭園に池を配したルネッサンス様式の古城は、澄んだ青空の下に広がる森林を背景にして、まるで歴史に名を残す巨匠が描いた絵画のようだ。

今にもワルツが聞こえてきそうな佇まいだけでなく、歳月を重ねて生み出された新古交じわる世界観が、訪れる者たちを圧倒し、また高揚させる。

利用会員は世界の名だたるセレブや要人たち。今夜は、ここへ招待してくれたアルフレッドの友人主催で、城内のホールにて舞踏会が開かれる予定だ。

「えっと——、どうしてこうなったのかな?」

しかし、突然のトラブルは舞踏会参加直前に起こった。

一行のメンバー個々に用意された衣装部屋へ案内をされ、着替え終えたのち。合流した廊下で、中世のフランス国王さながらの衣装を纏(まと)ったアルフレッドが開口一番に問う。

ゆるやかなウェーブのかかった栗色(くりいろ)の髪に、澄んだブルーの瞳が映える甘いマスクの彼は、普段着であっても綺羅(きら)で華美な存在だ。

加えて今夜は衣装だけでなく、一つ結びの長いエクステンションまでつけている。

会場ではマスクもする予定だ。

三十代半ばの成熟した男の色艶に加え、隠しきれない知性、教養、自信、品性までもが溢(あふ)れ出しているのだ。まさにご領主様、一国一城の主といった出で立ちだ。

煌(きら)びやかな城内の装飾と相まって、響也の仏頂面を一瞬で普通に戻すくらいの効力はある。

「知らないよ。俺のほうが聞きたいぐらいだ。ただ、アルフレッド・アダムスのお連れ様に用意されていた衣装は、こんなんばっかりだった。これでも一番地味かつ馴染(なじ)みのある色のを選んだんだよ。ただ、実際に着てみたら……」

「メイド服を飛び越えて、ゴシックロリータだった——と」

それでもいつもの笑顔には戻らない。

アルフレッドは、真顔で答える響也を頭のてっぺんから爪先まで見てくる。

上質なフリルとレースとオーガンジーがふんだんに使われたミドル丈のドレスは、確かに色味だけなら配膳仕事で普段から着用している黒服に近い。

だが、言うまでもなく、色以外は、響也が生まれて初めて身につける代物ばかりだ。

これなら学園祭で仮装したゾンビのほうが、まだ笑って済ませられる。

「まあ……。似合わなくもないところが、コメントに困るよね」

すると、響也の二つ上の兄で、大学卒業を間近に控えた香山響一が、ぼそりと呟いた。

端整な面立ちにスレンダーな肢体を持つ彼は、持ち前のシルエットが映える海賊の衣装を着ている。

顔つきこそ響也とよく似ているが、大きく違うのはそれなりに背が高いこと。

パッと見たときに「綺麗」や「美形」という表現が似合う容姿をしており、対して響也は昔から「可愛い」としか言われない。

これに「やんちゃな性格」「元気いっぱい」がつくことはあっても、容姿を称えられる言葉は、いまだに年の離れた弟、香山家三男、園児の響平に向けられるものと変わらないのだ。

それでも大好きかつ大尊敬している叔父や兄弟とそっくりなので、自分の容姿にコンプレックスは抱いたことがない。

二十歳の成人男子としては身長が物足りない自覚はあるが、どんなに牛乳を飲んでもこれ以上伸びなかったのだから仕方がない。

仕方がないことにいつまでもこだわる性格でもないので、正直言うなら身長のことなどいつもはすっかり忘れている。

どんなに見た目で「可愛い」と言われても、中身はけっこうな男前なのだ。

「しっかり鬘までセットされているしね」

それでも、実の兄に「コメントに困る」と言われ、更には響一のパートナーであり、アルフレッドと同い年の親友かつ共同経営者でもあるベルベットホテルグループの社長・圏崎亨彦にまで微苦笑を浮かべられると、複雑な気持ちになった。

おそらくみんなが「可愛い」「似合う」「美少女」と両手を叩いてはしゃげるなら、ここまで気まずい空気は生まれない。

しかし、二十歳の青年が洒落にならないほど可愛いロリータに仕上がってしまった上に、一番驚いているのは誰あろう、鏡を見た瞬間の響也自身だ。

〝そもそも仮装舞踏会だし、これしかないならしょうがないもんな〟

それぐらいの気持ちで服を着たのだが、そこからスタッフたちに鬘やら髪飾り、ほんのりメイクを施されたところで、

〝これはやばいものが出来上がってしまった！〟

——となった。

しかも、ここまで作りこまれてから気づいたのだが、仕上げの手伝いをしてくれたホテルの女性スタッフたちは、最初から最後まで、響也をボーイッシュな女の子だと信じて疑っていなかった。

完成したときには「カワイイ！」を連発で、大はしゃぎをされてしまったほどだ。

これぞ、身長の伸び悩みに加えて西洋人から見たときの日本人は童顔・幼く見える説の実証だ。

パリへは幾度となく来ているというのに、今更こんな悲劇を生むとは思わなかった。

「響ちゃんは、ガオーだよ～。ライオンさん！」

すると、ここでいきなりライオンの着ぐるみを着た響平が、両手をパッと上げてきた。

たてがみと耳のついたフードに、手足の先まで縫いぐるみ仕様とあって、着ている本人はとてもご機嫌だ。

ほどよい長さの尻尾を振りつつ「見て見て～」と猛アピールしてくる。

「響平は何を着ても可愛いからね〜」

「えー。にーちゃんのが可愛いーよー！　お姫様〜。響ちゃんはライオンさんだから、カッコいいんだもん！」

「……」

ただ、感じたままを口にする末弟に、響也は一瞬の現実逃避まで奪われた。

目に入れても痛くないほど溺愛している響平にまで、「可愛いお姫様」認定をされてしまったら、もう覆せない。

こうなったら、しっかり手を握ってきた響平と一緒になって、不思議の国のアリスごっこでも、美女と野獣ごっこでもするしかない。

（頑張れ、俺！）

思わず両脚をガッチリ開いた立ち姿で、空いた手に拳を握ってしまう。

そうして響也が開き直ったところで、誰からともなく城内のホールへ移動した。

廊下の両壁に装飾された石造りのアーチの中には、ギリシャ神話の神々が彫刻されている。

一直線に敷かれた緋色(ひいろ)の絨毯(じゅうたん)、アンティークの水晶のシャンデリアとともに、まるで中世にタイムスリップしたような気分になる。

「――で、響平くんの着ぐるみコスプレはさておき。響也がこんなことになっているのに、どうして〝圏崎亨彦の連れ〟として来た響一は無事なんだい？　それもお揃(そろ)いの海賊ルックなんか着て」

移動中、よほど気になったのか、アルフレッドが訊(たず)ねる。

招待を受けたときに〝共同経営をされている方や、そのお連れ様もぜひ〟と言われて、アルフレッドは響一と圏崎たちを誘っていた。

つまり、今回の渡仏に関しては、アルフレッドと圏崎、またそのパートナーたちという形で来ている。

しかも、ここへ到着した際に――――、

〝久しぶりだな、アルフレッド！〟

〝クレマン・バレーヌ〟

〝遠路はるばる、ありがとう。君が僕の招待を受けてくれるなんて、嬉(うれ)しいよ。感激だ。そうそう、叔父さんたちは元気にしている？〟

〝おかげさまで〟

〝なら、よかった。うちの父も相変わらず元気だよ。それでも最近は先が不安なのか、いろんなものを僕に生前譲渡してくれてね。この倶楽部の会員権も、その一つ。それで、君を始めとするたくさんの友たちを招待させてもらったんだ。せっかくだし、僕もここの名誉会員として、倶楽部に貢献しなきゃと思って〟

〝そういうことだったのか〟

〝ただ、こういう事情だから、今回は招待ホストとして、あちらこちらに顔を出すことになっていて、君とだけゆっくり過ごすことはできないんだ。それで君にも、連れを同行してとお願いしたんだけど――〟

〝ああ。そこは気にしなくてもいいよ〟

〝ありがとう！　本当に申し訳ない。君との時間は後日改めて取らせてもらうよ。どうかご友人やお連れ様と楽しんで。もちろん、何か不都合なことがあれば、スタッフに僕を呼ぶように言ってくれて構わないから。それじゃあ！〟

立ち話での挨拶程度だが、フロントロビーで招待主――アルフレッドより少し若い青年実業家――とも顔を合わせていた。

それでも、紹介した連れの響也が女性だと思いこまれていたなら、響一だって同じだろうと考えられる。

そこは響也も不思議に思ったところだ。

「亨彦さんに用意されていた衣装の中に、俺でもサイズが合うものが交じっていたんだ。だから、そこから借りることにしたんだよ」

すると、響一が圏崎に目配せをしながら、苦笑混じりに答えた。

どうやら始めはやはりドレスの類を用意されたようだ。

だが、響一自身が機転を利かせて圏崎に助けを求めたのだろう。

二人とも「海賊」と呼ぶには上品な仕上がりだが、それでもスーツ姿が定番の圏崎に長髪・眼帯は一見の価値ありだ。

アルフレッドでさえも「提督！」と呼びたくなる。

響一が内心で（仮装舞踏会万歳！）と歓喜し、両手を上げているのが紅潮した頬からも見てわかった。

「え？　私のところには、ほぼ同サイズのものしかなかったけど？」

しかし、響一の答えがかえってアルフレッドを困惑させた。

響平の手を引きながら隣を歩いていた響也が話に加わる。

「招待主が〝アルフレッド・アダムスの友人〟なんだから、アルフレッドのサイズの目処くらいつけられても当然なんじゃない？　ただ、圏崎はアルフレッドを介して誘ったんだから、出回っている画像だけでは、判断できなかった。それで何パターンかのサイズを用意したら、一番小さいものが兄貴にピッタリだった——と」

今にして思えば、同性五人でチェックインをしているのだから、着替えるために個々に衣装部屋に案内されたところで、変だと思うべきだった。

——これは、着替えてからのお楽しみなのかな？

などと考えて、ワクワクしたのが間違いだった。

そもそも衣装部屋自体が男女別、更にコンセプトやサイズ別で分けられており、香山兄弟は女性のサイズ別、アルフレッドと圏崎はコンセプト別、響平だけがちびっ子枠という正しさで案内されたということだ。

誰が決めたのかは知らないが！

それでも上からの指示に従い、個々のイメージに合わせて衣装を振り分けたのは、こちらの担当者だろう。

ここは響也の想像だが——。

「そうでなければ、兄貴もマリー・アントワネットやらシンデレラだろう。ただ、もし俺も——って、圏崎のところへ服を見に行ったとしても。兄貴ほど身長がない、かといって響平ほど小さくもないから、結果としてはこうなっちゃうんだけどね」

ふて腐れながらも、冷静な分析をする響也に、アルフレッドや圏崎が感心をする。

「なるほどね。けど、それなら今からでも用意させるよ。ここにはなくても、市内ならあるだろうし。現地スタッフにヘリで来てもらえば二十分もかからない。どんな衣装がいいのか、言って」

ただ、そういうことなら――と、アルフレッドが提案してくれた。

さすがはコンビニでお菓子を買う感覚で、企業買収をするアダムス家の当主だ。

宅配ピザよりも早く届けさせるのが当然という発言。

しかも、この二十分には衣装の用意からヘリの発着移動時間までが含まれている。

無茶ぶりなんてものではない。

響也からすれば、そんなわがままな要求で、アダムス家の関連会社に勤める現地スタッフに迷惑をかけたいとは思わない。

そうでなくとも、アルフレッドがパリへ来ると知り、空港からここまでの送迎を買って出てくれた。

その上、市内観光されるときには、いつでもお申しつけを！　と、響也に観光資料まで用意して渡してくれたのだから。

「ううん。もう、ここまで来たし、いいよ。それに、本気で抵抗したかったら、俺には自前の黒服もあったわけだし……、って！　そうだよ。黒服を着て、あとマントでも借りたら、吸血鬼とかルパンとかできたかもしれないのに。どうして今気づくんだ！　俺!!」

これぞ灯台もと暗しに近い状況だ。

ハッとして立ち止まった響也に、アルフレッドは笑いを堪えながら今一度聞いてくる。

「そうしたら、部屋へ着替えに戻る？　それにしたって、遊びにきたのに仕事着持参は、相変わらずだよね」

大学のみならず、仕事も休んでの渡仏だというのに、しっかり仕事着持参なところがアルフレッドは可笑しかったのだろう。

だが、これこそが高校生の頃には出来上がっていた習慣だ。

今や国内外で知られるところとなっている派遣配膳のプロ集団・香山配膳のトップツーに君臨するサービスマンだ。

「何が理由で宿泊先のスタッフ応援に転じるかわからないもんね」

「それを言われたら、俺たちも持参しているしね」

ちなみに現在の香山配膳ナンバーワンは、兄の響一。

二人ともお飯事感覚で技術とサービス精神を習得したサービスマン家系のサラブレッドだ。

響一が圏崎と知り合ったのは派遣先のホテルでだったし、響也がアルフレッドに見初められて口説かれたのも、兄たちの出会いの延長だ。

ただ、こうなると意味がわからずキョトンとしているのは、いつでもどこでも遊び心満載な響平のみになる。

「一応、シャツを替えれば正装としても着回せるぐらいの品だしね。ってか、すでに人にも見られているから、今夜のところはこれでいいよ。それに、招待主がアルフレッドの〝友〟っていうわりには、俺の性別さえ把握してないんだってわかったところで、今後気を遣う相手でもないのか――って、わかったしね」

　そうして響也は、この事態に対して、手厳しい落ちをつけた。

「あ……」

「響也くんは、見た目によらずシビアだね」

　しかし、言われてみればそうなのだ。

　響一と圏崎も頷き合う。

「まあ、確かに。〝友〟とはいっても親の代が親密だっただけで、私自身と彼はそこまで親しくないからね。今回の招待を受けたのも、叔父の顔を立てたのと、場所がここだったから、ちょっと興味が起こっただけだし」

「それ、もう。ただの知人じゃん」

　招待主のバレーヌからすれば、身も蓋もない言われようだが、アルフレッドからすると、知人の括りで間違ってはいないようだ。

　だが、これで気が抜けたのか、響也の顔にも自然と笑みが浮かぶ。

「それを聞いたら、アルフレッドの言う〝場所(ここ)〟への好奇心のほうが勝っちゃうね」

「本当にね」

　そうして響也のみならず、響一や圏崎の気持ちまですっかりロリータから逸れたところで、ホール前のフロアへ到着した。

　生演奏のワルツが流れてくるホールの出入り口は三カ所。

　響也たちは、廊下から出て一番近い、アーチ型の扉から中へ入っていった。

＊＊＊

「すっごーいっ。見て見て、にーちゃん。お部屋がおっきい！　全部、キラキラ～っ」

ホールへ入ると同時に、三階分はある吹き抜けに、響平が目を輝かせた。

すでにそこには仮装をした老若男女が集まり始めて、ウエルカムドリンクを片手に開会の挨拶を待っている。

自分たちの格好だけでも時代を飛び越えたような気持ちになるのに、そこへ仮装したほかの客たちまで目にしたことで、起こり始めていた高揚はいっそうのものとなった。

広々としたホールは上手にオーケストラ。

下手にブッフェコーナー。

そして、部屋の端は二人から六人用の円卓で埋められ、中央部はダンスができるように空けられている。

「本当。すごいや。中世の仮面舞踏会そのものだね」

「うん！　響ちゃん、わくわく～っ。ねー、みちくん。アルくん」

「そうだね」

こうなると、響也も自分の格好など忘れてしまう。

周囲の者たちが自分たちを見るなり、いっせいに溜め息を漏らしたのも、

（そりゃ、このアルフレッドと圏崎、響一兄ちゃんのビジュアルを見たらざわつくよね！）

――としか思っておらず。

同じくらい黒髪のロリータ美少女に目が釘づけになっていることには、まったく気づいていない。

それどころか、

(ってか、ちびっ子たちの中では、うちの響平が一番可愛いじゃん!)

――などと、ご満悦だ。

「それにしても、響也。ヨーロッパでは古城をホテルやオーベルジュとして使うことが多いけど、ここも立派だね」

「うん、兄貴! さすがは世界に名だたるセレブ有志が集って作られた会員制の倶楽部ホテルだよね。ホールも想像以上に絢爛豪華だ」

あたり一面を見回すうちに、演奏が止まる。

オーケストラの横に設けられたマイクスタンドから、舞踏会の主催者が挨拶を始めた。

「今宵の舞踏会にご参加いただきまして、誠にありがとうございます。僕は当館を常宿にしている者で、クレマン・バレーヌと申します。今夜の宴はディナーを通して会員様同士のご交流が生まれ、また深まればと思い、支配人にお願いして開かせていただきました。長々とした挨拶は、場をしらけさせてしまいかねませんので、この場は開会宣言のみとさせていただきます。紳士淑女の皆様。どうか限りある時間を、この倶楽部貴賓館パリの至高の空間で至高のサービスとともに、お楽しみください」

バレーヌはナポレオンと思われる仮装をしていた。

初対面のとき同様、軽快なトークで挨拶を終わらせると、それを合図にオーケストラの演奏を再開させる。

ここで話を長引かせないことだけは評価しようと、響也は力強く頷いた。

披露宴などでも、乾杯の挨拶で長話をされるほど疲れることはないからだ。

「ごは～ん」

響平にも、これが夕飯のスタートだとわかるのだろう。

ホールのブッフェコーナーを見ながら、いっそう目を輝かせた。

「ワンホールで二百三十坪前後？　十席円卓で三十から三十二は置ける感じかな」

しかし、ここで響一がさらりと言った。

「長卓なら五百席は取れるね。今回みたいに、中央をダンス用に空けていない立食なら、七百人は余裕で入るだろうし」

一緒になって全体を見渡していた響也が、即座に答える。

仕事柄、だいたいの広さは目測でわかるようだ。

ただ、仕事モードになると響平の「ごは～ん」は、今しばらくお待ちくださいになる。

それを察してか、アルフレッドが両手を差し出して抱っこし、圏崎が通りすがりのウエイターからジュースをもらって、響平の口元へ持っていく。

これはこれで至れり尽くせりだ。

「でもさ、響也。この貴賓館パリの客室が、全室スイートとはいえ四十室もないから、パーティーで使うにしてもそこまで集客することはないかもよ。株主総会ならぬ、会員総会でもするならまた別だろうけどさ」

「そっか。そう言えば、部屋にあったカタログを見ても、会員が家族以外の非会員を同伴なり招待なりできる人数はランク別で決まってるってあったしね。それこそ、このホールを使い倒すような人数の非会員を呼んでもＯＫなのは、披露宴みたいなイベント利用か、経営に口を出せるレベルのＶＩＰ会員だけみたいだし」

「そう考えると、バレーヌ氏は最高ランクのＶＩＰ会員ってことかな？　自分でも名誉会員だって言ってたし」

「かもしれないね。ただ、入会金だけで数千万単位。年会費が最低ランクでも数百万っていう大型別荘みたいなものだから、小金持ち程度じゃ手も出ない。よほどのお金持ちか、経費を使いたくてたまらない企業が、保養所利用目的で入会するかじゃない？　それだって、年間何十泊って宿泊利用する以外に、年会費の元は取れないから、普段から世界中を飛び回っているような人ならまだしも、自国の近場利用だけじゃもったいないってことになる」

「響也。そもそも〝元を取ろう〟って発想の人は、ここには入会しないだろう」

「あ、そうか！」

習慣とは抜けないもので、すっかり当館の話で盛り上がっていた。

だが、だからといって終始機嫌よく会話を弾ませているわけではない。

響也と響一の目は、仮装客の間を行き来するホールスタッフを常に追っている。

「それにしても……。ホールスタッフ、半分はバイトかな？」

――と、ここで響一が深い溜め息をついた。

「うん。立食だからどうにかなってるレベルで、これが持ち回りつきの着席パーティーだったら、半数の席で粗相が出ていそうだよね。トレンチひとつ、きちんと持てていないし」

以心伝心なのはわかっていたが、それでも直に聞くと、響也も苦笑いを浮かべてみせる。

「持ち手も姿勢も不安定で見ていられない。ましてや、どうしてわざわざゲストが多いところを突っきるかな？　急がば回れって習ってないのか？」

今も、足早に移動する若い男性スタッフに目を留めた。

「いや、バックヤードへの最短距離だけ見るなよ。きちんとゲストを避けて歩けよ。そもそも、足下に気をつけないと、ご婦人のドレスの裾を踏みかね――、あ!!」

本人に直接言うわけではないので、ついお説教じみた独り言を口走る。

だが、響也たちが問題視していた男性スタッフは、早速粗相をした。

「きゃっ！」

「うわっ」

女性のドレスを踏むと、その弾みで手に持っていたトレンチを手から落としてしまったのだ。

「失礼しました！」

「まあまあ。気をつけてね」

男性スタッフは、謝罪もそこそこに床を転がるトレンチを追いかけた。

ドレスを踏まれた女性は、特に怒った様子はなかったが、響也からしたら何から何までありえない動作であり、接客態度だ。

「だから言ったじゃないか」

一瞬とはいえ、響也は憤怒から眉を吊り上げる。

人間なので、どんなに気をつけても、ミスが出ること自体は仕方がない。

しかし、必要な技術や配慮がないことから、起こるべくして起こったミスは別ものだ。

これが派遣先で遭遇したことなら、すぐにでも部屋の責任者を呼びつけて、いったいどういうことだと説明を求めるところだ。

「いや、彼に聞こえるようには言ってないし。落ち着いて、響也。どうどう」

すると響一が、鼻息まで荒くする響也を、まるで暴れ馬を鎮めるかのように宥(なだ)めてきた。

「どうどうじゃないよ。ここは兄貴も一緒になって、スタッフ教育がなってないって憤るところでしょう。せめてトレンチくらいきちんと持てるようにしてから、現場に出せよって」

「だって。バレーヌ氏が俺たちの性別に無関心なのはさておき、仮装の案内や手伝いをしたのは、このホテルのスタッフだよ？　チェックインで俺たちは全員男ですって記帳しているにもかかわらず、堂々と女性用の衣装部屋に案内しているあたりで、基本的な情報共有や報連相ができていない。そうなったら、ホール担当のスタッフがこの程度でも不思議はないかなって」

「あ、そうか。そうだった！」

一瞬、火に油を注がれたような気になったが、言われてみれば納得するしかない。

しかも、響一のほうは、腹が立つより呆(あき)れてしまったのだろう。

響也の視線をブッフェコーナーに誘導すると、

「でも、そうとわかったら、ここのスタッフはいないものとしたほうが、楽しめると思わない？」

「賛成！　徹底的にセルフサービスしよう！」

こうなったら、自分たちで納得のいく配膳をすることにした。

「アルフレッド！　響平や圏崎と一緒に席を取っておいて」

「あと、飲み物だけお願いいね」

すでに響平がアルフレッドに抱かれているので、安心してブッフェコーナーへ向かう。

「あれが大学生兄弟から自然に出てくる会話だっていうんだから、参るよね」

響也たちの後ろ姿を見送りながら、圏崎が近くの六人掛けのテーブルを確保する。

「常に仕事目線ですからね。そして、この倶楽部貴賓館パリは、ものの見事に落第点をつけられたってことで——。あ、私が飲み物を取りに行ってきますので、ここをお願いしますね」

「了解」

席には圏崎が残り、飲み物はアルフレッドが取りに行った。

先にジュースをもらった響平は、

「みちくん。響ちゃんライオンさんだから、お肉いっぱい食べるよ！　あ、ケーキもね」

年相応の子どもらしい発言で、圏崎を微笑ませた。

「サービスマンに当たり外れがあるのはさておき、料理はトップクラスのはず！」

「カタログ案内には、世界の三つ星レストランから、腕利きのシェフをスカウトして揃えているって書いてあったしね」

響一と響也がブッフェコーナーを見て歩くと、そこには小洒落た前菜と数種のスープ。

常に焼きたてが運ばれてくる、何種類ものパン。

アクアパッツァやローストビーフを始めとするメインディッシュ。

また、デザートコーナーにはフルーツやアイスクリーム、プリンやプチフールなどが所狭しと並んでおり、また料理は常に補充されていて残念な印象はなかった。

これだけでも響一と響也は安堵する。

「兄貴。せっかくだからさ」

「了解。フルコースでいただこう」

響也はまず、二枚の皿を左手だけで扇を広げるように持つと、利き手で前菜と小さな脚つきグラスに入ったビシソワーズを、それぞれに盛りつけていった。

傍目にはカードでも持つような優雅さだが、実際は上の皿を親指と人差し指・中指で、そして下の皿を中指と薬指・小指で挟むようにして持っており、そこへ食事が盛られるのだから、それなりの重さだ。

その横では響一が響平用のお子様プレートを盛っており、出来上がったところで響也の空いた右手に渡す。

あとは、二枚の皿を先ほどの響也同様左手に持ち、前菜とビシソワーズを盛りつけていく。

すると、側にいた男性客の一人が「ワオ」と口走った。

響一たちにとってはいつものことだが、確かにこれを生業としていない者からすれば、皿の二枚持ちでの盛りつけは、素直に感心できることなのだろう。

ましてや仮装した姿を見れば、同じ来賓ということは一目瞭然だ。

「ここのスタッフより素晴らしい」

そう言って、スタッフに取り分けてもらったらしい自分のお皿——盛りつけというよりは、ただ何種類かを載せただけ——を出し、チャーミングな笑みを浮かべた。

（これって、自分で盛ったんじゃないの⁉）

（これなら響平のほうが、まだうまく取り分けるよ）

響也はまたもや響一と顔を見合わせて、「うわっ～」と声に出そうになったのを我慢する。

「失礼ですが、奥田支配人。先ほどミスをした男性スタッフも、世界レベルのサービスマンなのですか？」

すると、不意に横から声がした。

「はい。いずれは」

「いずれ……、ですか？」

「クープ・ジョルジュ・バティスト協会のサービス世界コンクール優勝者でも、初めて現場に立って仕事をする日はあるでしょう。我が倶楽部貴賓館では、会員様のご協力やご納得を得た上で、こうしたパーティーを新人スタッフのサービスデビューの場として活用させていただいているんです」

なんとなく無視できなくて、響也は褒めてくれた紳士に笑顔を返してから、響一のほうにチラリと目をやった。

——見るからにド素人が紛れこんでるのって、そういうことか。

——みたいだね。

互いに言わんとすることはわかるので、頷（うなず）き合う。

二人は、まだ何か盛るかどうか悩むふりをしながら、聞き耳を立て続ける。

普段なら絶対にしないことだが、会話の内容もさることながら、話をしていた中高年の男性三人が、全員スーツ姿の日本人だったことが気になったのだ。

「では、あえて？」

「そうです。当倶楽部のモットーは、会員たちが自ら理想のホテル作りに参加し、またベストな人材を育てていくことです。そのためにも、日常では決して対面することのない立場の方々が、率先して接客対応を見てくださり。また、スタッフたちも真のＶＩＰをもてなすことで、自身のスキルをアップし、世界で通じるサービスマンへと成長していくのです」

「そうそう。普通のホテルでは考えられない荒療治な気はするが、会員たちが客であると同時に、ホテルの管理者的な役割を果たしていると思えば、理にはかなっている。それで私はこちらに決めたんだよ。これで、わかってもらえただろう。越智（おち）くん」

「火野坂（ひのさか）部長」

そうして、どこの貴賓館だかはわからないが、支配人だという奥田と話をしていた火野坂が、三人の中で一番若い越智に意見を求めた。

聞かれた彼の戸惑いが、響也たちにまで伝わってくる。

「おっしゃることはわかります。ただ、私にはどうも、先ほどの彼が今後世界レベルのサービスマンに成長するとは……。事前にある程度の研修をしても、あのような初歩的なミスをするのは、どうかと思ってしまいます」

それでも、嘘も方便とは思わなかったのだろう。

越智は言葉を選びつつも、自身が感じたことを話していた。

「確かに適正もあるでしょう。だからこそ、こうして現場で見極めて、その後に適材適所の配属をするのです。ホテル業務は宴会ばかりではありませんから」

だが、越智の疑問は、奥田によって解消された。

――ようには聞こえなかったが、それでもここは同意するしかないのだろう。

「そうですか」

渋々返したのがわかる口調だ。

「ご納得いただけたようで何よりです」

「よかった。君をここまで連れて来た甲斐があったよ。奥田支配人には感謝しないと」

ただ、少なくとも越智の上司らしい火野坂は、満面の笑みだ。

また、いったいどこから湧いてくるのか、奥田はこの倶楽部貴賓館の人材育成に、相当な自信があるようだ。

「では、このたびの企画、トライアルのあとも我が倶楽部のマリンヴィラ号を引き続きご利用いただけますように。よろしくお願いいたします。火野坂さん。そして、越智さん」

男たちの話は、火野坂たちが「はい」と返したことで、一区切りしたようだ。

その後は奥田に勧められるまま食事を取りに行く。

「企画ってなんだろう？　少なくとも一人は貴賓館の支配人で、残りの二人は取引先の人みたいだけど」

彼らが完全に離れたところで、席へ移動しながら響也が問う。

「う〜ん。マリンヴィラ号――ってことは、船かな?」

当然、響一にわかるはずもない。

響也と一緒になって首を傾げるが、二人の足が止まったのは、このときだ。

「え?　ハビブ!」

「マリウス王子!」

見れば、響平たちのテーブルに、いつの間に現れたのかアラブ装束を纏った男性と響平より一つ年上の少年がいた。

仮装などしなくても、普段着姿でアラビアンナイトの王を連想させる男性のほうは、中東の石油産業で莫大(ばくだい)な財を成した一族・マンスール家の三男で世界的な大富豪、アフマド・ハビブ・ムスタファー・ジャバード・マフムード・マンスール。

そして連れの子どもは、北欧の小国ながら世界屈指の富裕国であるベルフ国の第二王子で、マリウス・ファン・デン・ベルフ。

いずれも響也たちが在籍する香山配膳のお得意様だが、個人的にもかなり親しい知人だ。

友人と言えるほどの仲ではないが、アルフレッドや圏崎からすればハビブは実業家仲間でありプライベートナンバーくらいは教え合う関係。

その一方で、現在のハビブのパートナー・菖蒲誠(あやめまこと)は香山配膳の登録員で、響一や響也にとっては年上の仕事仲間だ。

こうなると純粋に友達同士なのは、マリウスと響平になるのだが、相手は一国の王子だ。当然、常にＳＰがついている。日頃から行き来が多い二人についているだけに、マリウスのＳＰとハビブのＳＰは仲がよさそうだ。

しかも、響平が電話やスカイプで「会いたいね」「遊びたいね」などと言った日には、地球のどこにいても駆けつけるような自称「響ちゃんのナイト」だ。

響平は意味もわからず「ありがとう！　マーくん大好き！」などと言っているが、マリウスのほうは、将来響平をお嫁にする気満々だ。

これこそフリーセックスの国の王子ならではの初恋らしいが、末弟溺愛の兄としては今から気が気でない。

それでも今は、再会を喜ぶことを優先するが――。

「それで、菖蒲さんは？」

お互いに「やあ」「こんばんは」などの声をかけつつ、響也たちが手にした皿をひとまずテーブルへ置いていく。

「菖蒲ちゃんは、いーちゃんたちのお世話でお留守番！　だから、ここへ来たのは僕とハビブと警護のおじさんたちだけだよ」

「そうなんだ！」

「え？　どういうこと？　そしたら菖蒲さんは、本国の屋敷で犬猫の世話ってこと？　確か、イングリッシュマスティフとメインクーンの親子だっけ？　どっちも大型の種類だよね」

「そうそう。この前数えたときに、十何匹とかいたけど。そろそろ子どもたちも大きくなったよね？　それって、喜び勇んで飛びつかれたら、菖蒲さんが埋もれて潰されちゃうとかってことにはならないの？　大丈夫？」

話す側から、圏崎とアルフレッドが近くの二人用テーブルを移動し、六人席を八人席にする。

すでに飲み物は七人分が用意されており、気を利かせたＳＰの一人が、人数分のカナッペやローストビーフを盛りつけたトレイを運んできた。

その後ろからは、取り皿とカトラリーを持ったスタッフがついてくる。

「さすがに一人で見ているわけじゃないし。それに留守番と言っても、パリ市内に所有しているタウンハウスだ。今夜は、たまたま響平から一緒にいたマリウスに連絡がきたから、俺が連れてきただけだし」

こうなると、自分たちでフルコースの取り分けや配膳はする必要がない。

この人数だから、キッチンでシェフが専用に盛りつけてくれたのだろうが、何往復もしないで済んだことは有り難い。

その上、アルフレッドや圏崎が小皿に取り分けまでしてくれて、至れり尽くせりだ。

響也と響一はすっかり腰を落ち着けることができた。

「響平から？　いつの間に？」

「あ、そうか。響平用に持たせているキッズ携帯の短縮一番が、マリウスの携帯直通になってるんだった」

「え？　短縮で直通って。マリウスは一国の王子様なのに⁉」

ただ、どんなに腰が落ち着いても、話のほうは落ち着く兆しがない。

それどころか、ハビブからさらっと出てきた説明に、響也が思い出したように携帯番号の話をすると、何も知らなかった響一がただただ慌てる。

「それを言ったら、その王子様の親友で遊び相手、なおかつ保護者もしちゃうアラブの大富豪の直番が、うちの専務の個人携帯に入っているほうが問題な気がするけどね」

「それもそうか。俺や響也のアドレス帳もＶＩＰなホテル関係者で埋まっているけど、専務のほうは、そもそもの振り幅が違いそうだしね」

そうして響也と響一がハビブと話をしていると、その横ではマリウスと響平が一つの皿盛りを仲よく食べ始めた。

せっかく圏崎が大きなローストビーフを取り分けたのに、今は二人で響一が盛ってきたものを食べるほうが楽しいようだ。

特にマリウスは。

「響ちゃん、はい。あーんして」

「あーん」

ただし、アラブ装束のマリウスが、ライオン着ぐるみの響平相手にかいがいしく世話を焼いていると、可愛い猛獣使いと子ライオンにしか見えない。

アルフレッドも同じことを考えたようで、圏崎と目を合わせると、ククッと笑い合っている。

「ところで、ハビブもこの倶楽部貴賓館の会員だったの？　それともマリウスのリクエストに応えるために、コネでも使ってここまで入ってきたの？」

響也たちも「いただきます」と両手を合わせて、食事をし始めた。

先に一口、水を飲んで口内をリセットしてから、彩りのよい前菜〝サーモンとアボカドと梨のアンサンブル〟をいただく。

見た目を裏切らない上品かつ繊細な味で、これには響也も安堵した。

場内に流れるワルツも心地いい。

視界に入るダンスコーナーでは、何組もの紳士淑女が優雅にステップを踏んでいる。

「俺は、倶楽部貴賓館アラブのオーナー兼VIP会員ってやつ。知り合いに頼まれて、立ち上げ当初に金を出したが、そう言えばオープニングパーティー以来、一度も利用したことがなかったな――と思い出してさ。俺のランクなら、世界中の倶楽部貴賓館を、年中無料で利用し放題のはずなのに」

そう言ってハビブは、小さいカナッペを手にして、そのまま口へ放りこむ。

このあたりは、セレブであると同時に、生粋のホテルマンであり、サービスマンでもある圏崎やアルフレッドと違って豪快だ。

ハビブは性格的にも三人の中ではもっとも大胆で、自身の判断ひとつで莫大な金額を動かすことにかけてはアルフレッドにも負けず劣らずだが、自国の軍隊さえも即決で動かせるところは「敵わない」よりも「一緒にされたくない」レベルらしい。

それこそ、「いくら私でも自家用潜水艦は持っていないし、ましてやそれを笑ってクジラ模様にペイントする度量はない」らしい。

このあたりは響也も「アルフレッドでよかった！」と思う。

菖蒲には「このハビブを跪(ひざまず)かせてプロポーズを受けたのか」と、もはや尊敬しかない。彼こそが真の猛獣使いだ。

「え？　そしたら年中利用し放題なのに、今回の利用が初めてなの？　もったいない」

　そうして、つい先ほど「ここの会員は、年会費の元を取ろうとは思わない」と言ったはずの響一が、もったいないと口にした。

　すぐに自分で気づいて笑っていたが、響也からすれば「だから言ったじゃん」だ。

「でも、兄貴。どう考えても、ハビブの家のほうが絢爛豪華なんじゃない？　菖蒲さんも〝あれは家じゃなくて宮殿だよ〟って言っていたし」

「まあな。そう考えたら、無駄な買い物だよな。あ、なんだったらお前ら、俺が所有してる会員権いる？　やるよ。来年から年会費がかかるけど、今年の分はもう引き落とされてるから年内はただで利用できるし、会社の保養所にしてもいい。なんなら、年末までに売っぱらっても構わないからさ」

　しかし、ハビブの富豪ぶりは、ここでも桁が違った。

（オーナー兼ＶＩＰの会員権の資産価値って、そもそもどれくらいなんだろう？　少なくとも購入時に九桁か、下手したら十桁は払っている気がするんだけど。それを〝やるよ〟って！）

　今すぐ菖蒲に「目の前で、旦那が散財しようとしてるよ！」とメールでチクろうかと思う。

「宿泊利用や社員の保養所なら、自分のホテルで充分かな」

「右に同じ。ついでに言うなら、うちの実家は歴史こそ浅いが、建物はここより広いし造りも負けてない。ハビブの宮殿なら、喜んでいただくけどさ」

　ただし、さすがにこれは、圏崎とアルフレッドも丁重に断った。

　アルフレッドにいたっては、ハビブ自慢の宮殿を持ち上げている。

また、ハビブもそれをわかっているのだろう。

「だよな～」

そう言って、ご機嫌になった。

と、そのときだ。

「きーまり！　響ちゃん、今夜はマーくんのところにお泊まりする！」

仲よく食事をしていたはずの響平が、突然声をあげた。

「やったー！　お泊まり、お泊まり～。いーちゃんたちも響ちゃんが来たら喜ぶよ！」

「響ちゃんもいーちゃんたちに会いたい！」

いつの間にそんな話になったのか、二人でキャッキャとはしゃぎ始める。

「は⁉　何？　マリウスのところへお泊まりって、まさかタウンハウスのこと？」

「さすがにそれは駄目だよ、響平。今回は、ここへお泊まりするために来てるんだから」

すぐに響也が確認、響一が優しく諭す。

「え～っ。にーちゃんたちも、マーくんところへ行こうよ～っ。菖蒲ちゃんにも会えるよ？」

「それとこれは別。菖蒲さんやいーちゃんたちと会うなら、帰りに少し寄らせてもらったらいいだろう」

「お泊まりしたいよ。いーちゃんたちと一緒に寝たいよ。もふもふ、ふかふかなんだよ～っ」

いつになく響平が駄々をこねると思えば、魅力的な話だった。

思わず響也も想像してしまう。

（もふもふ、ふかふか――）

大型犬と大型猫の親子に囲まれて寝る。

それは子どもにだけでなく、大人にとってもパラダイスだ。

危うく「いいね！」と口走りそうになる。

しかし、連れの立場で来ていて、そうはいかない。

アルフレッドもそれを察して、圏崎と顔を見合わせる。

「そしたら、俺が響平だけ預かろうか？」

すると、ハビブが提案をしてきた。

「響平だけ？」

「とりあえず子守りの手はあるし。飯は食ったから、向こうに着いたらマリウスと一緒に風呂へ入れて、寝かせればいいだけだろう。仮に夜中に〝お兄ちゃ〜ん〟ってなったら、すぐに連れてくればいいだけだ。ヘリなら十分もあれば戻ってこられるからさ」

シャンパングラスを片手に、子守りと称したＳＰたちに目配せをする。

主の護衛だけでなく、犬猫の世話まであるので、男たちは常に十人以上同行している。

しかも、いろんな意味で精鋭部隊だ。片手でバズーカをぶっぱなすかと思えば、愛犬愛猫たちの食事の世話からトリミングまでやってのける。

何より向こうには菖蒲もいるし、子守りの点ではまったく心配はない。

タウンハウスの近くのビルの屋上には、ハビブ所有のヘリポートがあることも知っている。

「こういうときの発想は、アルフレッドと同じだね」

「――うん」

これを「どっちもどっち」で一括りにしていいのかはわからないが、なんにしても響平とマリウスは目をキラキラさせながらお泊まりが決定するのを待っている。

「まあ、せっかく仕事抜きで来てるんだし、お前らも少しは楽しめよ。何、大丈夫。この御礼は圏崎とアルフレッドからもらうか、貸しにしておくからさ。な！」

こうして最後の判断は、響也たちを連れてきたアルフレッドに託された。

「代わりに持て余している貴賓館の会員権をうまく売りさばいてくれってことじゃなければ、有り難くご厚意に甘えるよ。な、アルフレッド」

「――そうですね」

圏崎がうまく話をまとめてくれたところで、アルフレッドもこれを承知した。

2

宿泊用の部屋は、贅を尽くした中世の建築様式が活かされた、最上階のプレジデンシャルスイートが二部屋用意されていたので、最初は一部屋を五人で使おうか――と、話をしていた。

家族利用も可能なだけに、広いリビングダイニングを中心に、ミニキッチン、書斎が配置されており、バス、トイレ、寝室は二つずつある。

寝室にはそれぞれキングサイズのベッドが二台設置されており、エキストラベッドも四台まで増やせる仕様だ。

〝ベッドが四つだから～。響ちゃん、誰と寝ようかな～っ〟

だが、一台に二人、三人は寝られそうなベッドを見ても、響平は一人一台と捉えていた。

なので、すかさず響也が挙手をした。

〝はいはい。俺と一緒に寝よう！〟

しかし、響平はどこで覚えてきたのか、〝どうしようかな～〟と、もったいぶった。

そして〝響ちゃんが一人で、にーちゃんたちが一緒は？〟やら、〝みちくんとアルくんが一緒でもいいんだよね？〟などと、笑うに笑えないことも言ってから、〝やっぱり、響也にーちゃんと寝る！〟と言って、響也に抱きついていった。

〝響平～っ〟

〝へへっ〟

完全に掌の上で転がされていた。

響一など、先行きが不安になったのか、思わず額を押さえたほどだ。

だが、それだけに、あっさりタウンハウスへお泊まりに行かれてしまったことには、唖然(あぜん)とした。このあたりは単純に双方の状況を思い描いたときに、もふもふ・ふかふかに軍配が上がってしまったのだろう。

これればかりは、仕方がない。香山の実家にも、叔父や兄弟宅にもペットがいないからだ。

「だからって、本当に子守りをしてもらうことになっちゃったけど、いいのかな？」

響平が抜けてしまったことで、残された四人は予定どおりの部屋割りで休むことにした。

圏崎と響一も今夜は二人でゆっくりだ。

当然、響也とアルフレッドもそういうことになるが、響也はこの状況に戸惑っていた。

宿泊先が叔父の香山社長といった親戚宅ではなく、響平本人のお友達宅とも言えない知人宅だからだろう。

だが、当の響平はマリウスと一緒にもふもふ・ふかふかでご機嫌だ。

気を利かせた菖蒲から響一と響也宛てに届いた、犬猫十数匹に埋もれてニコニコしている二人の画像つきメールがそれを証明している。

「いいも悪いも、すでに向こうの屋敷に着いたっていう連絡がきていただろう。これが幼稚園のお友達の家なら、いきなり我に返って、お兄ちゃんを恋しがることもある。けど、すでに犬猫まみれで、寂しくなることもないだろうし。何よりＳＰたちも笑顔で胸を叩いてくれたんだから、安心して寛げば？　少なくともセキュリティに関しては、ここより確かな屋敷なんだから」

　すると、仮装衣装を脱いだついでにシャワーを浴びたアルフレッドが、バスローブを羽織って現れた。送られてきた画像を見ながら、リビングで立ち尽くしていた響也の肩に、優しく手を伸ばしてくる。

「それに、せっかくハビブが気を利かせてくれたんだ。そこも感謝しないとね」

「アルフレッド」

　軽く抱き寄せると、彼の唇が額に触れてきた。

　急に二人きりを意識し始めて、響也は胸が高鳴る。

　高校卒業と同時に実家を出て、アルフレッドのマンションで同棲を開始。すでにあれから二年近いというのに、いまだにこうしたスキンシップをされると、ドキドキしてしまう。

　それでいて、これから愛される予感に、背筋から腰のあたりにかけてがゾクリとした。

　こめかみに触れた彼の生乾きの髪が、くすぐったかったのもある。

「それよりこれ、もういいんじゃない？」

　だが、今夜はいつもと少し違った。

　アルフレッドの手が胸まである鬘の黒髪を掌ですくい上げたからだ。

「あ、そうだった！　さっさと脱がなきゃ」

　言われて気づくほど、すでにロリータドレスが身体に馴染んでいたことまで含めて、響也は恥ずかしさでいっぱいになった。

　勢いよく鬘を外して、スマートフォンと一緒にアルフレッドへ渡すと、自分の両手は背中のファスナーへ回す。

だが、これらを受け取り、側にあったリビングテーブルへ置いたアルフレッドは、すぐさま響也を抱きすくめるようにして、待ったをかけてきた。

両腕を背に回したところで、響也の両手を包むようにしてギュッと握り締める。

瞬間、更に胸がドキドキする。

「ねぇ。魔法にかけられて、お姫様にされてしまった王子様を、救い出す名誉を私に与えてほしいな」

耳元に唇を寄せて囁くアルフレッドの声が、いつになく弾んでいる。

「どんな名誉？」

「言葉そのままだけど」

戸惑う両手を放した彼の手が、背中を辿るようにして上がり、ファスナーのスライダーを摘まんだ。

ジッと音を立てて、ゆっくりと解かれていくエレメントが、響也の羞恥心をいっそう煽る。

（こんなの、バッと下ろしちゃえばいいのに）

自分で上げたときよりも長い時間をかけられ、ようやくすべてが開いた。

「それって——、単にこれを脱がせてみたいだけじゃないの？　ここ何年もこういうの脱がせてないな～とか思ってない？」

自然と肩まわりもゆるんできたドレスを、どうしたものかと胸元で摑んだ。

だが、この上懇切丁寧に脱がされた日には、恥ずかしさから倒れそうだ。

響也は両手を開くと同時に、意外と重みのあるドレスを自ら足下へ落とす。

まるで鎧を脱いだような解放感から、安堵の吐息が漏れる。

「それはひどい誤解だな。別に、こういうシチュエーションを楽しみたいなら、普段から遠慮せずに響也に求めれば済むことだし。そもそも懐かしいも何も、私は響也しか脱がせたことはないよ」

しかし、ここで終わらないのが、いきがかりでかけられたロリータの魔法だ。

響也には「ドレスの下はこれで」と言われて着こんだアンブレラスリーブのシュミーズとドロワーズ、そして白い膝上のストッキングに黒のゴスロリシューズが残っていた。

しかも、肩や腕の肌が露わになったことで、自分で見ても女装感が増して、新たな恥ずかしさが起こってくる。

それでも、響也がここまでドレス姿でいられたのは、しっかり穿いていたこのドロワーズのおかげだった。

これで下半身がスカスカだった日には、さすがに響也でも無理だったかもしれないが、ぶかぶかなズボンの上に丈の長い上着やコートを羽織るのと同じと思えば、まあいいか――と、なったのだ。

もちろん、それは完璧にドレスアップされた自分を姿見に映すまでは、だったが。

(こんなことならアルフレッドみたいに、さっさと脱いでシャワーを浴びればよかった!)

後悔しつつも、響也はどうやって、この状況を脱出しようか考える。

「相手が勝手に脱いでベッドで待ってたとでも言いたいの?」

その結果、このまま話を進めながら、タイミングを見てバスルームへ逃げることにした。

「いや。私の脳は、恋に関してはデータを上書きしちゃうみたいで、響也を好きになったときから、君のことしか記憶にないんだ。自分でも思い出そうとしないから、余計そうなのかもしれないけど。復旧不可能なんだよ」

「え～っ。嘘だ～っ。それって単に、相手の数が多すぎて、誰とどう付き合ったのか整理ができていないか、面倒くさくて覚えてないだけじゃない？」

すぐにでも走り出したい気持ちはあったが、履き慣れない踵の高いゴスロリシューズが邪魔をした。踵が細いわけではないが、全体的に上げ底になっているのが響也には歩きづらく、躓いて転んだ日には恥の上塗りにしかならない。

「ひどい言われようだね。こんなに愛しているのに」

アルフレッドは少しふて腐れた響也のフォローを優先してくれた。

「だって。俺は、気がついたらアルフレッドに口説かれて、アルフレッドにしか恋したことがないのにって思ったら、さ」

つけこむようで悪いが、これも今以上の醜態を晒さないためだ。

響也は、リビングソファへ腰を下ろすと、さりげなく靴と膝上ストッキングを手早く脱いだ。

すると、これがあるとないとでは、気分的にもだいぶ違った。

解放された両脚を、ついパタパタと上下にゆらす。

あとは話を切り替えて、バスルームへ走るだけだ。

「そこは、地獄を見る人間が誰もいなくてよかった――って、安心するところだと思うけど。嫉妬に駆られたときに、何をするかわからない危険度で考えたら、私と響也では比較にならないだろうしね」

「――!!」

しかし、一瞬気がゆるんだ隙に、アルフレッドが隣に腰を下ろした。

利き手を肩へ回されて、パタパタしていた足が止まる。

このパタパタが余計だったのだと気づいたときには、完全に逃げ遅れた。

身動きが取れないまま抱き上げられると、

「あ、アルフレッド」

その名を口にする間に、シャンデリアが煌めくリビングから一変。アンティークなスタンドライトだけが灯る薄暗い寝室へ運ばれてしまった。

身体がふわふわする心地よさから、抵抗もないままキングサイズのベッドへ下ろされる。

そこから組み敷かれるまではものの数秒だ。

「ちなみに、私の嫉妬で一番被害を受けているのは圏崎だから、今度聞いてみたらいいよ」

「え……、どうして圏崎なんだよ。兄貴とラブラブなのに」

さも当然のように、話の続きをされるうちに、響也はシュミーズを捲(まく)り上げられて、万歳状態で脱がされる。

「だから、響也も安心して懐くだろう。義兄として」

「そっち⁉ でも、それなら俺の焼きもちだって、けっこうすごいと思うよ。アルフレッドと親友かつ仕事上バディの圏崎との間には、いまだに入りこめないってわかってるから。いつもモヤモヤしてる」

だが、ドロワーズに手がかかると、さすがに両脚を閉じて抵抗を試みる。が、アルフレッドは普通に話を続けながら、引きずり下ろした。

一緒にトランクスまで剝がされて、ベッドの下へ落とされていく。

「どうりで、しょっちゅう彼の八つ当たりが、私に向けられるわけだ」

「それは俺じゃなくて、きっと兄貴のせいだよ。俺たち嫉妬はするけど、当たるときはちゃんと自分のパートナーに当たるし、兄弟の相手には迷惑かけないから」

ただ、ここまでくると恥ずかしさよりも、肉体的な解放感のほうが勝った。

響也にかけられていた魔法が解けたようだ。

そう実感したのと同時に、アルフレッドの声色や語尾が甘く艶やかなものになる。

「それは、気が利きすぎていて、言葉もないね」

「――んっ」

チュッと音を立てて、軽くキスをされる。

晒した肌に、アルフレッドの羽織っているバスローブの柔らかなパイル地が心地いい。

上質なタオルケットに包まれているような気持ちになる。

(アルフレッド……っ)

自然と響也の両腕がアルフレッドの背に回る。

彼を求めているのか、パイル地の心地よさに惹かれてしまったのか、おそらくはその両方だ。

だが、アルフレッド自身は響也も自分を求めてくれたと感じているのだろう。

「でも、この際だから覚えておいて。私の嫉妬深さは、底知れないよ」

横たわる響也の髪を撫でながら、今一度額にキスをし、こめかみに、頬にと唇を滑らせる。

「ときには、君が何より大切にしている黒服にだって、焼きもちを焼くし。愛用の一着が響也自身の稼ぎで仕立てられたものだって聞いていなかったら、クローゼットから抜き取って、代わりに私がオーダーした一生分の黒服で埋め尽くしていたかもしれないからね」

「どんな焼きもちだよ、――あっ」

まるで何かの呪文のように自身の嫉妬深さを口にするが、こんなときのアルフレッドの口調は、むしろ楽しそうだ。

ただ、組み敷かれた彼の下で、下肢をモゾモゾと動かすと、開かれたバスローブの合わせから太腿が触れ合った。響也は敏感な部分で彼の肌に触れ、そして体温を感じると、身体の奥がジン……と疼いて自然に声が漏れる。

それを受け止めるように、アルフレッドが口づけてくる。

「んっ……、はっ」

アルフレッドは、幾度か唇を啄んでから上体をずらした。

「響也に一番わかりやすいたとえを選んだら、そうなっただけ。もっとも、仕事絡みの持ち物に関しては、自分で買ったの以外はご家族からの贈り物だろうから、私は奥歯を嚙んで堪えるしかないんだろうけどね」

しっとりと濡れた唇が、顎から首筋へ、鎖骨から胸元へ流れ落ちる。

パイル地の心地よさと彼の温もりに慣れたところで、急にアルフレッドが身体を起こしたものだから、肌寒さから胸元の突起が小さく反応した。

それを愛おしそうに口に含むと、舌を絡めて転がしてくる。

「アル……っ」

「好きだよ、響也。愛してる」

熱い思いと同時に肌にかかる吐息に、響也が身体を震わせた。

胸の突起を弄ぶ舌や唇は、そこから離れると更に鳩尾(みぞおち)から下腹部へ滑り、細身ながらもほどよく筋肉のついた足の付け根で数秒止まる。

「んっ」

きつく吸い上げられると、少しばかりの痛みとともに薄紅色の花びらが浮かび上がる。

まるで自分のものである印だと言わんばかりに、アルフレッドは響也の足の付け根から腿の内側にかけて、いくつかの花びらを散らせていく。

「駄目……、アルフレッド。前のが、消えてないのに」

それはいつも、職場で誰かと着替えが一緒になっても絶対にトランクスから覗(のぞ)かないようにつけられる。

しかし、どんなに他人が見ることがなくても、響也自身は見るし、わかっているしで、ふとしたときに思い起こして、顔が真っ赤になってしまう。

それを友人や仲間に見られようものなら、心配されるし恥ずかしいしで、困ってしまうのだ。

もちろん、思い出さないようにするか、込み上げてくる感情を自制できればいいのだが。

根本的な原因がなければ起こらない現象だけに、こうしてときどきは逆らってみる。

「消さないために……、重ねているんだから……、これでいい」

「……っ」

伸ばした手を弾かれて、一蹴されるどころか、張りきらせてしまった。

一際強くチュッと吸われて、響也はビクンと身体を仰け反らせる。

刺激に弱い響也自身が頭をもたげて、よりにもよってアルフレッドの頬を擦った。

「——ああ、そうか。マーキングするなら、ここからだよね」

からかうように放つ唇が、今度は響也自身の付け根に絡みつく。

幾度か吸い上げたのちに、響也自身を口に含んで、たっぷりと舐りながら視線を合わせようとチラリと見上げてきた。

視界が慣れてきたスタンドライトの薄明かりの中で、悦んで身もだえる自分が彼の瞳に映る。

つい先ほどまで占めていた羞恥心などなかったかのように、快感だけを求める、欲望を剝き出しにした自分の姿だ。

「アルフ……レッドっ」

たとえるなら金の美しい肉食獣。それも成熟しきった獣を思わせる彼に、今一度背筋が震えた。

そうでなくとも充血しやすいところを吸い上げられて、見る間に自身が硬く、大きく膨らんでいくのに、刺激が強すぎる。彼に堕とされていく、この過程さえも極上な快感だ。

「んっ、っ」

「先に……っ、いいよ」

言われなくても、すでに響也自身は爆発しそうだった。

バスローブ一枚羽織っていない姿で脚を開かれ、食い尽くすようにしゃぶられているというの

に、自らも絶頂を求めて腰がくねるのが止められない。

言葉にはせずとも、気持ちいい、もっとして——と、身体で強請る。

「あっ——、アルフレッド……っ」

するとアルフレッドが、応えるように愛撫を強めてきた。

身体を捩る響也に合わせて、ベッドの軋む音までもが一際強くなる。

（い、いい……よっ。どうしよう……っ）

唾液交じりで愛される淫靡な音に、ギシリと響くスプリング音が入り交じり、響也の性欲を聴覚からも煽る。

（も……、だめっ）

そう感じた瞬間、響也は一気に絶頂へと押し上げられた。

「っ、ん……、んっ」

体内でくすぶり、肥大し続けた欲求が、アルフレッドの口内へ噴き出した。

どくどくと脈打つように、一点から外へ放たれていくのが自分でもわかる。

この一瞬にしか味わえない愉悦であり、何もかもを忘れてしまうひとときだ。

「……っ、ごめっ……」

ただ、これまで幾度となく同じことをしているが、アルフレッドには申し訳なく思う。

我慢することなく、気持ちよく放っている自覚があるだけに、声が震える。

「謝ることはないって、いつも言っているだろう。私も響也に、よくしてもらうのだから」

そう言ってアルフレッドが上体を起こしたときには、彼の利き手には響也が放ったものが握られていた。

「――ぁっんっ」

躊躇(ためら)いもなく陰部を弄り、きゅっと締まった窄(すぼ)みを探り当てると、潤滑剤代わりに塗りこめてくる。

「いっ……っ、そこは……っ」

同棲したての頃から、毎夜のように愛し広げられてきた密部に、ゆるりと人差し指と中指の二本が入りこんできた。

器用に蠢(うごめ)く指の腹が、滑りを帯びた肉壁をなぞり、どうしようもなく感じてしまう部分を擦り上げて、今一度響也に射精を促す。

「――ひっ！」

達した直後だけに、先ほどのような白濁が放たれるわけではないが、襲いくる絶頂感はとても似ていた。

むしろ、上り詰めたばかりで敏感になっていたところへ追い打ちをかけられたものだから、変な声まで出てしまう。

驚きのような、喘(あえ)ぎ声のような。だが、悲鳴ではない。

しかし、これは響也をよくする以上に、アルフレッド自身が愉しむための前戯の一つだ。

今の響也は、何をされても快感を増す刺激としか、捉えられなくなっている。

「そんなに締めたら、私自身が入れないよ」

「――ぁっん」

そうして、身体の奥から乱すように抽挿されていた指の代わりに、アルフレッド自身を宛てがわれた。まるで息をするようにヒクヒクと収縮する窄みの口に、タイミングを計ったようにして、すでに形を整えていた彼自身が潜りこんでくる。

「っ……っ、ぁっ……っ」

ゆっくりと突き進んでくる彼自身が、根元まで納められる。

密部を大きく広げられたことに、痛みこそ感じないが強烈な圧迫感を覚える。

だが、これは響也には心地いい快感だ。

再三の絶頂や自身を誘う刺激としてしか感じられない。

「――アルフレッド」

「いい子だね。私を、感じて」

「ん……」

響也の様子を窺(うかが)いつつも、アルフレッドの下肢が小刻みに動き出す。

同時に頬や外耳にキスをされて、響也も自分から両手を彼の背に回し、羽織られたままのバスローブをきゅっと握り締める。

また、それが嬉しいのだろう。

「私も君を感じるから」

「……ん」

アルフレッドの声色が、今にも蕩(とろ)けそうなほど甘美で柔らかい。

囁くと同時に、響也の身体をきつく抱き締めると、大きく下肢をスライドし始める。

「ぁんっ……っ、いっ……。アルフレッド……っ」

次第に強く、激しく身体の奥を突かれて、彼自身の熱と欲を感じる。

だが、それは時とともに大きく、また深くなっていくことはあっても、逆はない。

彼からの愛に比例するだけだ。

（――アルフレッド、好き）

彼への思いが強まる一方で、このことは響也にも愛されている実感を与えてくれた。

自信もくれた。

当然、響也が覚える圧迫も大きくなるばかりだが、今はそれさえ嬉しく、快感だ。

握り締めていたバスローブを解くと、彼を力いっぱい抱き締め直す。

「響也……っ」

それを合図と受け止めたのか、アルフレッドも自身を絶頂へ導いていく。

一際大きく響也の中でスライドをさせると、中ほどまで差したところで飛沫（ひまつ）を放った。

「――っ」

ドクドクと鼓動を響かせるようにして達するのは、響也も彼も変わらない。

同じ性をもっとも実感する瞬間だ。

（アルフレッド……っ）

ただ、そんなことは、不思議なくらい気にならなかった。

むしろ、響也はこのときに漏らすアルフレッドの吐息が好きで、この普段聞くことのない、くぐもった音を耳にすると、背筋がゾクゾクした。

自分でも、強欲なまでの独占欲が満たされることを自覚しているからだ。

「アルフレッド、大好き——」

達したばかりの彼を、いっそう強く抱き締める。

すると、僅かに肩で息をするアルフレッドが、「私もだ」と耳元で囁く。

「大好きで、愛おしくて、可愛くて仕方がない」

アルフレッドからも抱き締めてくると、そのまま広いベッドで身体を返して、自身の上に響也を乗せてキスをする。

「響也。私だけの君——」

体重を預けてもビクともしないアルフレッドの肩に、響也は甘えるように顔を埋めた。

「アルフレッド」

(大好き……っ)

だいぶ乱れてはいたが、それでも羽織ったバスローブの肌触りが心地いい。

彼の熱くなった身体とは対象的なのも気持ちがよかった。

「——響也。次は、君から。ね」

「っ!」

だが、すっかり弾みがついてしまったのか、アルフレッドの両手は、響也の形のよいお尻を掴んで、揉み始めた。

そして、彼の放った白濁で潤む密部に、それとなく自身を宛てがい、擦りつける。

「さ」

今度は響也が自ら入れて――と、強請られる。

「え」

お世辞にも彼をイかせるテクニックがあるなどとは言えないのに、アルフレッドは響也に腰を振らせるのも大好きだ。

こういうところは、エッチ、意地悪と言いたくなる。

「来て、私の響也」

「……っ」

だが、こうなると彼は金の獣どころか、淫らな悪魔だ。スタンドライトの明かりの中でもわかる、蠱惑的なブルーの眼差しで響也を思うがままにしてしまう。

(なんか、もう。いきがかりの魔法よりも、こっちの魔法を解いてよ)

それでも逆らう術のない、そもそも逆らう気のない響也は、彼に強請られるまま引き締まった腹部を跨ぎ、身体を起こした。

その後は自ら彼を勃たせて、自身の中へと誘った。

＊＊＊

一夜が明けると、僅かに開かれたカーテンの向こうからは、小鳥の囀りが聞こえ始めた。

(――知ってる。あれはもう、気持ちがいいとか、締まりがどうこうとかそういうことじゃなく、単に俺がアルフレッドの上で、あくせくするのを愉しんでるだけだ。めちゃめちゃ甘くて優しいくせして、実はドSなんだから！）

響也はベッドに潜りこんだまま、一人で唇を尖らせている。

あれから稚拙としか言えない騎乗位で、結局は自分ばかりがイかされて、最後は頭をよしよしされながら眠りについた。

今、思い出しても、いいように弄ばれたとしか思えない。

しかし、そんな響也の耳に、心地いい抜栓の音が届いた。

ポン！　と、軽やかで歌うようなその響きは、聞いただけでも抜栓者の技術がわかるほどだ。

（――とはいえ。終わったらさっさとシャワーを浴びて、スマホを弄り始めるとかって男たちには、声を大にして言ってやりたい。真のイケメンは、エッチの前後にこそマメさを発揮するぞ！　って）

「お目覚めですか？　私の愛しい王子様」

声をかけられて、もそもそと上掛けから顔を出す。

すると、目の前には片手にスパークリングワイン、片手に二人分のシャンパングラスを持ったアルフレッドが立っている。

しかも、響也が顔を出したところで、細身のグラスにスパークリングワインを注いでみせる。

綺麗にピタリと同量分が入ったところで、「どうぞ」と差し出されるまでが、限られた者にしかできないであろう、モーニングプレゼンテーションだ。

これだけで、響也はドキドキしてしまう。

普通なら、朝日の差しこむ中世そのままの部屋で、シルクのガウン一枚を羽織った美麗な彼が立っているだけでも非凡だろうに。

その上、至高のサービスまでつくのだから、こうなると夢の国かお伽噺(とぎばなし)だ。

「もう、照れくさいよ。それに、普段から気を遣ってるんだから、俺にまでフルサービスしなくてもいいって」

響也は、身体を起こすと、差し出されたシャンパングラスを受け取った。

アルフレッドはサイドテーブルにボトルを置くと、グラスだけを手にして、響也に寄り添うようにしてベッドへ腰かける。

「何を言うんだい。そこは〝日頃から誰にでもサービスをするんだから、俺には自国の大統領より尽くさなきゃ拗(す)ねちゃうぞ〟くらい、言ってもらわないと」

「大統領って。アルフレッドはいつもたとえが大きいよ。それも冗談にならないレベルで」

「そうかな？」

「そうだよ。アルフレッドにとっては、自国の大統領と交友関係があっても当たり前なんだろうけど、普通はそうじゃないからね」

ごく自然に、話がてら、グラスを合わせて「おはよう」と目配せをする。

響也が冷えたそれを有り難くいただくと、口の中にはフルーティーな甘みと酸味が、そして喉ごしには微炭酸の心地よさが、ふわっと広がった。

すぐにノンアルコールだとわかる。朝にはピッタリだ。

ベッドでいただくモーニングコーヒーや紅茶もいいが、これは更に贅沢(ぜいたく)な気がした。

「そういう響也だって、大使館関係者や各国の要人たちと顔見知りだったりするじゃない？」

「それは、たまたま仕事で行ったときに〝香山配膳〟の名前で覚えられやすいだけだよ。俺個人というより、お祖父ちゃんや叔父貴が作り上げてきたものが大きいだけで。あ！　あとは専務！　むしろここの影響が一番大きい」

「それって、今の中津川専務のこと？」

「うん。専務は叔父貴と事務所のために進路を変えてくれたけど、もともとは外交官を目指していた人なんだよね。だから、大学時代の友人というか、横の繋がりが半端ない。特にここ数年は、役職がつき始めたお友達も多くなったから、あと十年もしたらすごい縁になるんじゃないかな？」

しかし、会話がてらスパークリングワインを飲み進めると、響也はふとしたことが気になった。

「――まあ、彼の場合は、専務になる前からすごいよね。幾度となく、一方的に一目惚れをされて、気がついたら攫われてる香山社長を捜し出し、交渉して連れ戻して。今では国内の伝手よりも、海外の事業主や要人との伝手のほうが多そうだ」

「その筆頭がハビブだろうし、今やアルフレッドや圏崎もね」

「かもね。あ、もう少しいる？」

グラスが空になるかならないかというところで、声がかかる。

いつもながら絶妙なタイミングだ。

さすがはフレンチの本場でシェフ・ド・ラン――シェフと客を繋ぐ者――としても、ソムリエとしても実績を持つだけある最高ランクのサービスマンだ。

現在は主にアダムス家を代表する経営者として、また共同経営者である圏崎の右腕としての仕事をこなすが、彼自身が最初に好きで選んだ道は接客サービスだ。

今では身内へのサービスでしか見ることのない姿だが、響也が彼を愛してやまないのは、人柄と同じくらい同業者としても心から尊敬ができるからだ。

「うん。もらう。ありがとう」

そうして響也は、お代わりは直接グラスへ注いでもらった。

すべてがさりげなくこなされていくが、そのスマートさを見ると、改めて実感する。

「贅沢だよね、本当。でも、一度くらいは普通のデートもしてみたいかも」

アルフレッドが至高の恋人であることに変わりはない。

ただ、彼が年上の大富豪であり、また初恋の相手であることから、響也は付き合い始めたときから〝贅沢なデート〟しかしたことがなかった。

移動はスポーツカーか運転手つきのベンツで、食事をするにも宿泊するにもハイクラスなレストランかラグジュアリーなホテル。

しかも、いざ同棲を始めてみたら、部屋は一流ホテルも顔負けな六本木のタワーマンションの最上階。

たまには気分を変えて食事でもとなったら、契約しているジェット機に乗りこみ、台湾や韓国あたりまで日帰りでばびゅーん、だ。

ただ、これらに歓喜することはあっても、何一つ不満はないが。響也はこれまでに自分が見聞きしてきた友人たちのそれとは、あまりに世界が違っているなと気がつき、興味が湧いた。

単に好奇心から、口にしてみたのだ。

「普通のデート？」

「そう。駅前で待ち合わせをしたり、そのままぶらぶらしたり。あ、映画や遊園地、テーマパークなんかもいいかな？　あとは、スーツじゃなくて、ラフラフの普段着で買い食いも！　アルフレッドの立場を考えたら、絶対に無理なのはわかっているけどね」

アルフレッドは驚いていたが、響也は思いつくままに発してみたら、すごく楽しかった。

ただ、これに関しては、時と場合によっては、SPをつけて移動するようなアルフレッドで想像したからこそ、面白いと感じたのだろう。

こうなると、響也が好奇心でいっぱいになったのは、普通のデートではなく、それをするアルフレッド自身へだ。

「それなら、帰国後にしてみる？」

しかし、これをアルフレッドは承知した。

響也があまりに楽しそうに言うものだから、自分自身も興味が湧いたのか、もしくは単に可愛い恋人のリクエストに応えたかったのだろう。

いきなり「月へ行きたい」と言われたら「ちょっと待って。NASAの関係者に聞いてみるけど、期待はしないで」となったかもしれないが、これは即決だ。

「え!?　本当に？　でも、大丈夫なの？」

響也は思わずシャンパングラスを両手で握り締めて、姿勢を正す。

この時点で昨夜の無茶ぶりエッチなど忘れたも同然で、満面の笑みだ。

「大丈夫だよ。それより、休みは取れるの？」

「大学は休みだから、大安以外なら、調整可能だよ」

「なら、決まりだ。あとでスケジュールを教えて。帰ったら早速デートプランを立てるから」

今一度シャンパングラスを二人で合わせて、勢いのまま飲み干す。

「本当？　やった！　けど、普通のデートだよ？　アルフレッドの普通じゃなくて、俺みたいな大学生の普通だよ？」

それでも響也は、念には念を押して、デート内容を確認する。

「わかってるって。ちゃんとリクエストに応えるから」

「うわ！　ありがとう、アルフレッド!!　すごく楽しみ！　兄貴にも自慢しよ～っと」

その後はガバッと抱きつき、アルフレッドに最高の笑みを浮かべさせた。

3

往復の移動時間を含めて四日ほどの渡仏旅行だったが、中世そのままの仮面舞踏会に、予想もしていなかった甘い夜のひとときとデートの約束。

その上、帰国前にはハビブのタウンハウスで、菖蒲やわんにゃんズどころか犬猫軍団と化したいーちゃんたちとも再会し、響也たちは貴賓館のサービスにこそ首を傾げたが、充分楽しむことができた。

だが、日本へ着くと同時に、アルフレッドは急な家業絡みの出張で渡米することになった。

ほとんどタッチアンドゴー状態だったが、珍しいことでもないので、響也は「気をつけてね」と笑顔で見送った。

四連休が明けた響也自身にも、翌日から連続勤務での派遣が入っていたので、寂しがっている余裕もないのが現実だ。

ただ、今回のように、アルフレッドが連泊出張のときは、響也は実家へ帰るのが常だった。

両親は麻布の自宅でレストラン経営をしているので、空いた時間で少しでも手伝ったり、響平の子守りを引き受けたりすることで、親孝行ができるからだ。

このあたりはアルフレッドも充分承知しており、仕事で離れるときには、自ら響也の実家へ電話を入れて、挨拶をしてから出発するほどで。とにもかくにも彼は気配りの達人で、両親からの信頼も、今や圏崎ともども絶大なものになっている。

それから、瞬く間に十日が過ぎた。

「アルフレッドが帰ってきて嬉しそうだね」

「そりゃね！　でも、専務から話ってなんだろう」

この日の夕方、響也は響一とともに北品川にある香山配膳事務所から、急な呼び出しを受けていた。響一にからかわれたように、アルフレッドは午後には帰国し、そのままベルベットホテルの日本支社がある銀座のオフィスへ出勤している。

なので、今日はまだ顔を見ていないが、帰宅後にはゆっくり会える。

そして明日は、約束のデート決行日。自然と顔もニヤけてくるというものだ。

「また無茶なパーティー依頼でも入ったのかな？　香山TF（テンフィンガーズ）を筆頭に、全スポットを香山で埋めてほしいとか、なんとか」

「そんなの実現しようと思ったら、最低でも一年前に予約しなかったら無理じゃない？　というか、仮にそれが可能だとしても、専務だったら絶対に受けないよ。そんなわがままな前例を作った日には、のちのちが大変だもん」

「それは言えてる。でも、だとしたらなんだろう」

「叔父貴や専務に病気が見つかった――とかじゃなければいいけどね」

「え⁉　二人ともまだ四十そこそこなのに⁉　ってか、見た目三十代半ばだよ？」

「年とは関係ないだろう。そういうのって」

「――そっか」

響也と響一は北品川の駅で待ち合わせると、そこから徒歩で数分の分譲マンションへ入っていった。商店街にも近い３ＬＤＫで、もともとは響也たちの祖父、初代社長・現会長が、自宅兼用で購入したものだ。

事務所開設当初は一室のみを使っていたが、二代目の香山晃――響也たちの叔父が引き継いだときには、すべての部屋を事務所として使用するまでになっていた。そして事業の発展に、誰より貢献したのが、専務であり公私ともに香山晃のパートナーでもある中津川だ。

だが、それだけに、響也たちはこの呼び出しが、二人の健康にかかわるようなことでないことを切に祈った。

「「おはようございます」」

「おはよう」

「おはよう。急に呼び出したりして、ごめんね。早速で申し訳ないんだけど、ちょっとこれに目を通してくれるかな？」

すると、出迎えてくれた香山と中津川は、到着早々に、二人をリビングダイニングに置かれたソファセットへ導いた。

ほかの事務スタッフは帰宅したか夕飯なのだろう。事務所にいたのは、彼ら二人だけだが、特に顔色は悪くなかった。

香山は響一がそのまま年を重ねたような美男であり、中津川は相も変わらずインテリジェントでハンサムな男性だ。スーツ姿がとてもよく似合う。

「……なんの案内書？」

響也は響一と並んでソファへ腰を下ろした。

テーブルを挟んだ対面には中津川が座り、香山はキッチンに置かれたコーヒーサーバーで、人数分のそれを淹れてくれている。

「スーパラティブ・サービス・パブリック・スクール企画。トライアルレッスン？」

「最上級のサービスを学ぶ職業訓練大学企画のお試し講習ってことみたいだね。通称ＳＳＰＳプラン。でも、え⁉　これって観光庁の付属機関の企画？　お役所絡み？　見ていいの？」

ただ、響也たちは、案内書の冒頭ページにあるタイトルや主催者の確認をすると、驚きから顔を見合わせた。

「大丈夫。まずは見てもらわないことには、話にならないし。これを渡してきた担当者からは、正式に依頼を受けた。ただし、ＳＳＰＳ関係者と業界内の一部だけが知る企画だから、そのつもりで」

「了解」

中津川がいいと言うなら、いいのだろう。

ましてや、病気にかかわる話ではなかったので、二人は安心して読み進めていくことにした。

「え⁉　マリンヴィラ号！」

「——兄貴。これ！」

「うん。貴賓館パリで話していたのって、きっとこれのことだったんだ」

だが、最初のページを読むか読まないかというところで、二人は再び顔を見合わせた。

「何？　どういうこと？」

これには中津川も困惑気味だ。

そこへ香山が黙ってコーヒーを配り、中津川の隣へ腰を下ろす。

「俺たちが宿泊していた倶楽部貴賓館パリに、この観光庁関係者らしき人とマリンヴィラ号の支配人がいたんだよね。それで、貴賓館の人材育成の様子を説明して、このまま安心して研修を任せてほしいみたいな話をしてたんだ」

先に説明を始めたのは、響一だった。

「そう。で、そのときはマリンヴィラ号ってなんだって思ってたんだけど。ようは、この職業訓練大学の講習及び実践現場に、自社の客船を使うにあたって、こんな感じですよ――みたいなのを確認させてたんだろうね。船上とホールの違いはあっても、中身は一緒だろうし」

響也は相槌（あいづち）を打ちながら、一緒になって説明をする。

「ホテルシップも念頭に置いているってことは、オリンピックみたいな短期集客にも対応できる客船の乗船スタッフも育てておこうっていうのもあるんだね」

「カジノ船の話も、だいぶ前から耳にしてるし。まあ、なるほどって感じか」

だが、こうして話をしつつも、二人は手にした案内書をパラパラと捲り続けて、内容を瞬時に把握していく。

特に響一が指をさして注目したのが、ホテルシップサービスについてのページだ。

これは国の大がかりなイベントの際に利用できる宿泊施設を一時的に増やす目的で、港に客船を停泊させるというものだ。

客船ならば移動可能で、全国各地に配置ができる。

また、こうした新たなサービスが定着することで、客船自体も従来のツアーと並行して、業務が増やせる。

何より島国日本は港が多い。必要なときに、必要なだけ宿泊施設を増やす方法としては、確かにいいアイデアだ。

利用者からすれば、港にいながら客船の宿泊体験もできる。

しかし、響也が気にしたのは、それとは別のページの項目だった。

「けどさ。これってどうなの？ようは、日本に海外の富裕層観光客を増やしたいのが一番の目的みたいだけど。今現在、国内には世界レベルのホテルが不足している。だから、そこを全国各地にわたって整備し、またそれに見合うホテルマンやサービスマンのレベルアップを図るために、この訓練大学企画が実行される——って」

ホテルシップ以前に、この企画が立てられるにいたった根本の目的だ。

言わんとすることは理解ができるが、響也からすれば基準説明がなってない。

「そもそもこの世界レベルのホテルって、どのクラスのホテルを指してるの？星で表すなら四つとか五つ？一泊最低いくら？しかも、整備ってのは国内ホテルを支援するってこと？もしくは外資系を増やすの？老舗（しにせ）の高級旅館とか、そういうところは頭数に入れてるのかな？先を見据えてのプランとはいえ、これだけですごく疑問が浮かぶんだけど？」

次から次へと気になることを口にした。

これには、直接依頼を受けてきたはずの中津川もハッとする。

「そこはほら。実際に正式発表がされるまでは、二転三転する可能性が大なんじゃない？　この企画が、まずは配膳メインのサービスマン育成からのお試しって、ようはそういうことでしょう」

「――あ、そうか。ってことは、とりあえずやってみて、手応えがあれば、国も本格的にホテルマンやサービスマンの育成に援助して始動するってところか」

ただ、ここは響一の指摘で納得をした。

水面下で試験的にいろいろな形でやってみるということだろう。

「それより一番の問題は、この企画の担当者が、先日の貴賓館パリで、あの新人研修みたいなものを見たにもかかわらず、講習会場と教官・指導員に貴賓館東京のマリンヴィラ号と社員をそのまま採用し続けるってことのほうじゃない？」

だが、それにしても響一からすれば、見切り発車に思えてならないようだ。

それほど貴賓館パリでの舞踏会が強烈だったということだろう。

「だよね――。あれは、習うより慣れろだし。場合によってはこのプランも、プロの指導じゃなくて、そのとき乗り合わせた客がアドバイスするだけってことになりかねない気がするもんね」

「客がアドバイス？」

すると、ここで聞くに徹していた香山が口を開いた。

企画の内容とは別に、引っかかりを覚えたのが、この部分だったのだろう。

なので、ここは響一が順を追って説明をする。

「あそこは会員制の倶楽部ホテルでしょう。施設利用者が会員と関係者に限られているのをいいことに、トレンチもまともに持てないド新人集団を、大宴会でもぶちこむんだ。ホテル側のスタッフだけでなく、会員も一緒になって、最高のホテルマン、サービスマンを育てていきましょう！　みたいなコンセプトらしくて。しかも、それを承知しているお客様しかいないから、粗相しても〝あらあら〟みたいな感じになっててさ」

ただ、これを聞いた香山が固まった。

「斬新すぎて、ビックリするよな。ってか、顎がはずれそうだよ、叔父貴」

「――あ」

響也に言われて、そうとうすごい顔で驚いていたことに、香山自身も気づいてハッとする。

だが、それはそうだろう。学生時代から今まで、相当数のホテルやレストランに出入りしてきた香山だが、トレンチもまともに持てないスタッフを、それも集団で大宴会に放りこむのはさすがに見たことがない。

仮に研修などで一人、二人交じることがあっても、そこは粗相のないように周りが全力でフォローする。来賓に面倒を見させる教育方法は、考えたこともない。

「でも、俺たちもその話を、偶然とはいえマリンヴィラ号の支配人から聞いているからさ。まあ、変な話。そんな生ぬるい対応のセレブ客が、宿泊がてら新人に客の目線からアドバイスしてくれるっていうのは、ほかにはないと思うよ。けど、それをこんな公費がらみの企画で使っていいのかって聞かれると滅茶苦茶不安しかないし、なんなら税金返せって感じ？」

信じたくないという顔をする香山に、響也は更に説明を続けた。

「企画内容もさることながら、講習期間中のカリキュラムを見ても、一日の大半が当たって砕けろの接客実践っぽいしね」

響一は、パラパラと案内書を捲って、最後まで読み終える。

響也もほぼ同時に読み終えて、香山に淹れてもらったコーヒーで一息ついた。

香山も自分で淹れたコーヒーを片手に、溜め息を連発。

中津川にいたっては、肩を落として苦笑だ。

「それで、内容は理解したけど、うちへの依頼って？　明日から七泊八日ってあるけど？」

そうして、コーヒーを飲み終えたところで、響一が訊ねた。

中津川は改めて姿勢を正す。

「実は、話を持ってきたのは大学時代の後輩で、現在観光庁勤め。上司が業者を決めたものの、不安で仕方がなかったらしい。ただ、初回の講習が配膳サービスだったことから、うちのことを思い出した。せめて倶楽部貴賓館以外からも、指導員を導入できないかって考えて。しかし、上に言っても聞く耳を持たないだろうから、連携企画でかかわっている財務省の友人経由で根回しをしてもらって、割りこみを強行。客員教授みたいなポジションで送りこめるようにしたから、急なことで申し訳ないがお願いします――ってことになったんだ」

響也は、それでこんなにギリギリの依頼なのかと納得しつつ、一人の男の姿を思い出す。

細身の中背で、見るからに生真面目そうな男性だ。

「もしかして、専務のお友達って、越智さんって人？」

「どうしてそれを」

「上司の人が火野坂部長っていったかな？　でもって、マリンヴィラ号の支配人は奥田さん。呼び合ってたから、覚えてきちゃった」

「そうか」

やっぱりそうだった——と確信しながら、今一度企画責任がどこにあるのかを確認する。

トライアルレッスンということもあり、現場責任は依頼された貴賓館東京になるが、企画元は観光庁の国際観光担当の部署。

しかし、国土交通省と財務省が絡んでいるので、水面下でまだお試しで進んでいるとはいえ、かなり本気なのがわかる。

最終的なゴールは、国内ホテルの整備と海外からの富裕層客の確保なのだろうが——。

「でも、その越智さんに関しては、向こうでも終始首を傾げていたから、上の決定に逆らえないまでも、一石くらいは投じたいって気持ちは理解できるかも」

大まかではあるが、この企画のことは把握できたので、響也は響一とともに頷いた。

「少なくとも専務の友人なら、うちのことも理解して、頼んできたんだろうしね」

「そうとなったら、ここは一肌脱ぐしかないね。叔父貴！」

「研修が明後日の土曜からって、随分急だけど……。ようは、俺たちで叔父貴の穴を埋めればいいってことでしょう」

そう言って笑うと、二人揃って上着のポケットからスマートフォンを取り出した。

しかし、ここで中津川が待ったをかける。

「いや、そうじゃない。社長とも話したんだが、今回は響也に行ってほしいんだ。で、その埋め合わせを響一にも手伝ってもらうことになるから、スケジュールの立て直しをするのに、二人で来てもらったんだよ」

「――え⁉　どんな無茶ぶり？　俺じゃあ、開口一番に若いって、馬鹿にされるよ！　その前に、指導員として派遣されたって言っても、信じてもらえないよ」

てっきり社長が行くものだと決めつけていたので、響也は自分に回ってきたことに驚く。

だが、香山は頷き、響一もそれに倣って、特に驚いてはいない。

「でも、響也はグローリーホテル東京の立て直しのときに、指導した実績があるだろう。ましてや、今となってはアダムス家を介してとはいえ、セレブ通で顔も広い。それに若さだけで見下してくるような人間は、そもそもサービスマンには向かない。何か言われたら、そう返してもいいから。越智には派遣契約をするかぎり、そこは納得してもらっているし」

「え～。専務～っ」

「うん。ここで響也って人選はわかる。そういう人のイヤな部分を一番引き出しやすいもんね」

「兄貴まで？」

「そうそう。サービスマンは油断大敵。だからこそ、一番油断させるタイプが行くのがいいと思って、俺も賛成したんだわ」

「叔父貴！」

どういう理由だ⁉　と思うも、こうなると多数決だ。

三人に推されてしまえば、どうにもできない。

「気持ち程度だけど、私個人から派遣料にお年玉も上乗せするから。ね」

しかも、これに中津川個人のお願いまで乗せられては、ただ受けるだけではなく、気持ちよく受けるしかなくなる。いつもは公私混同はしない彼が、こうして頼んでくるのだから、よほど越智を見捨てられないのだろうと、理解できるからだ。

「しょうがないな～っ。わかったよ！　やるかぎりは、全力でいってきます！」

「ありがとう」

そうして響也は、いきなり明日から倶楽部貴賓館東京所有のマリンヴィラ号にて、講習指導員をすることになった。

「この際ホテルシップサービスの経験はしておいて損はないよ。今後、増えてくるかもしれないし」

「――そっか。確かにこの先も、俺が豪華客船で長期仕事をすることはないだろうから、ここはいい経験ができるって思うことにする」

響一に、多少の利点はあると言われて、納得もする。

「でも、明日はデートだったのにな～っ」

ただ、こればかりは、どうしようもない。

「そうだったんだ。ごめんね」

「うん。でも、いいよ。アルフレッドに言って、終わってからにしてもらう。これもご褒美だと思えば、頑張れるしね！」

響也は、アルフレッドとのデートを先延ばしにすることで、明日からの指導派遣に力を入れることにした。

「あ、そうだ専務。もし、マリンヴィラ号やもっと詳しい企画資料をもらっているなら、ありったけちょうだい！　あと、貴賓館の幹部資料とか、ＶＩＰ会員のこととか。公になっているものだけでもいいから。とにかく、明日までに頭へ叩きこんでいくからさ！」

持ち前のガッツで、曇りかけた中津川の顔のみならず、香山や響一の顔も晴れやかなものにした。


一方、その頃ベルベットグループ日本支社を構える銀座のオフィスビルでは――。

（普通のデートねぇ）

圏崎が今にも噴き出しそうな口元を押さえながら、肩を震わせていた。

（そもそも普通のって、何？）

社長・圏崎、秘書・アルフレッドという形でデスクを置く社長室では、いつになく慌ただしいことが起こっている。

自身のデスクでノートパソコンを開くアルフレッドを囲むようにして、アダムス家の専属秘書の男性と、ベルベットグループに新卒入社して一年目の若い男性社員二人が無礼講よろしくで、かれこれ一時間は「ああでもない」「こうでもない」と話し合っているからだ。

「ただいま戻りました！」

「デート特集が組まれているメンズファッション雑誌を、目につくだけ購入してきました！」

そうして、更に場を賑(にぎ)わせたのは、スーツ姿の厳つい男たち。

彼ら二人は、アダムス家当主であるアルフレッドのＳＰで、両手の紙袋いっぱいに雑誌をつめて帰ってきた。

「お疲れ。どれどれ、当日の衣類から検討しないと」

デスクに出された雑誌を手に、早速アルフレッドが中を見始める。

「アルフレッド様。当家の専属スタイリストにお任せするのでは、だめなのですか？」

「普通の大学生はプロに服を決めてもらったりしないだろう。響也のリクエストは、どこまでも普通の大学生がしそうなデートだから」

「――あ！　そうでした。でも、そうなるとアルフレッド様が普段お召しになっているカジュアル系でもだめってことでしょうか」

「おそらく、価格が一桁、二桁違うからね」

こうした会話が耳に届くたびに、圏崎は今にも腹筋が崩壊しそうだと思った。

しかも、雑誌を捲るアルフレッドのデスクから離れた秘書が、ＳＰの一人を呼ぶ。

「耳を」

「はい」

「ああは言っておられますが、いざ買って着てみて、素材が肌に合わないなんてことになったら、デートどころではなくなってしまいます。なので、こちらでも一番シンプルな、どこにでもありそうなデザインのものを数パターン用意しておきましょう。普段使いのブランドに相談し、ノンブランドに見えるように、オーダーしてもいいと思うので」

「承知しました」

アルフレッドには聞こえないようにするも、目の前でコソコソされる圏崎には丸聞こえだ。

しかも、この手の内緒話が、先ほどから幾度となく繰り返されている。

圏崎からしたら、仕事にならない以前に、どんな罰ゲームか拷問かと思う。

最初に、腹を抱えて笑い飛ばすわけにはいかないと我慢したことが、そもそもの間違いだ。

「アルフレッド様。大学生の普通のデートだと、やはり近場のレジャー施設で遊んで、ランチやディナーをするのが王道かと思います」

「しかし、響也様ならとても喜ばれそうだが、家族連れや子ども向きの場所になると、お二人で行くことは瞬時に難しくなりそうな気がするぞ」

「あ、そうか！　響平様が知ったら、行きたがってしまうもんな」

ただ、つい最近まで大学生だったという理由だけで、即戦力として呼ばれた新入社員は、俄然張りきっていた。

「ランチは一人二千円以下、ディナーでも三千円以下が目処でしょうか？　間違っても、昼からコース料理は普通とは言えませんし。夜にしても銀座の店で――やら、万単位の国内ブランド牛がさらっと出てくるのもＮＧです。記念日デートでもないので」

「それより何より、真の普通デートと言えば、移動は徒歩と公共交通機関。百歩譲って、燃費のよい国産軽自動車使用で運転はご自分で。間違ってもスポーツカーや運転手はなしかと思います」

「そうか。そうなると、我々も警護の手段を考えなければ――」

目的を一つにしたためか、いつの間にかＳＰとも打ち解け、秘書ともあうんの呼吸で話を合わせるようになっている。

しかし、ここでアルフレッドが見ていた雑誌から顔を上げた。

「え？　移動が徒歩？　公共交通機関ってことは、私と響也に電車やバスに乗れと？」

「普通です」

「響也様も普段は、ごく当たり前に利用されているはずですよ」

驚くアルフレッドも、真顔で説明している新入社員たちも、もしかしたら俺を笑い殺しにかかっているのか⁉　と、圏崎は疑いたくなってくる。

「あ、そうしましたら先にスマートフォンに交通系のアプリを入れて、タッチアンドゴーできるようにしておかないと。アルフレッド様、ご自分で切符を買われたことがないですよね？」

「改札を通ったことはありますか？」

「さすがに私だって、地下鉄くらいは乗り降りしたことがあるよ。ただし、留学時代のパリでだが」

「失礼しました。では、アプリは……」

「入れるに決まっているだろう。十年以上は乗っていないってことだ。そうでなくても、最近は財布だって滅多に持たないのに、いちいち小銭の出し入れまでできるか。種類は任せるから、これに入れておいてくれ」

そうして、とうとうアルフレッドが、私用のスマートフォンまで新入社員に差し出した。

「か、かしこまりました！」

だが、預かるほうは、心底から驚喜していた。

まるで、国王陛下から勲章か何かでも受け取るような仰々しさだ。

二人で見つめ合いながら、「なんて光栄な」「これ以上の信頼の証はないぞ」と、今にも泣きそうになっている。

だが、さすがにこの流れは、圏崎にとってはトドメになった。

「ぶっ！　くっ、はははははっ‼」

「圏崎!? なんだ、いきなり！」

「いや、悪い！ でも……、この姿を響也が見たら、どれだけ感動するかな、と思って」

いきなり笑い出した社長相手に、声を荒らげられるのは、アルフレッドだけ。

しかも、相手が彼なら、圏崎が何を言ってもパワハラにはならない。

それでも言い回しには気を遣ったが、圏崎が笑い転げそうになっているところで、響也がどうこう言っても失礼としか受け取られないだろう。が、気は心だ。

「感動？」

「だって、アルフレッドが自分とデートをするために、小銭の心配までしてスマートフォンに交通系アプリを入れてるんだよ。それこそ普段はブラックカードか顔パスで済ませる男が」

「私の立場になれば、絶対にあなたただってしますよ」

それでもアルフレッドは、圏崎を自分と同類認定したいようだ。

席を立つと、わざわざ圏崎のデスクまで歩み寄る。

「いや、俺はもう随分前に交通系のアプリを入れたし、響一と一緒に電車も乗ったけど」

「聞いてないし！　あなた、私に黙って、いつの間に！」

ただ、笑顔でさらりと、それもまったく悪気もなく発せられた圏崎の乗車話に、アルフレッドは真顔で噛みついた。

「え？　話さなかったかな」

「もう、いいです！」

何がそこまで彼を凹ませたのか、完全にふて腐れて、そっぽを向いてしまった。

こうなると、笑うに笑えない。

部下たちからしたら、気まずいなんてものではない。

だが、こんなときにアルフレッドのスマートフォンが震えた。

「アルフレッド様！　響也様からお電話です」

画面に表示された名前を見るなり、新入社員が〝これぞ天の助け！〟とばかりに、アルフレッドへ差し出した。

「ありがとう。もしもし、響也。私だ」

一瞬にして、アルフレッドの顔つきが変わる。

これには圏崎だけでなく、部下たちもほっと胸を撫で下ろしたほどだ。

「――え？　この週末からサービス講師として、出張へ行くことになったからデートは延期？　しかも、今夜は持ち帰り資料の読みこみで頭がいっぱいだから、ごめんね？」

「「「「「！」」」」」

しかし、一難去ってまた一難とは、このことだった。

圏崎から盛大に笑われることになってまで、明日のデートプランを練っていたというのに、この結果だ。

（――ようは、会うのは十日ぶりだけど、今夜は挨拶程度しかできない。当然、一緒には寝られないよって、先に釘を刺してきたってことか。こんなことなら、笑うんじゃなかったな。あと三分我慢をしていればよかった……）

唖然とするアルフレッドから目を逸らした圏崎は、思わず漏れそうな溜め息を呑みこんだ。

仕事が絡むと、恋人への仕打ちに容赦がなくなるのは、兄弟揃ってまったく同じだ。

今夜のアルフレッドの独り寝が目に浮かぶだけに、圏崎は心から反省してしまうのだった。

＊＊＊

——アルフレッドへ。おはよう。

もう、起きた？

よく寝てたから、無理には起こさなかったけど、ちゃんとチューはしてきたからね！

パリ行きの前から、ずっと仕事続きで疲れてるんだから、今日はゆっくりしてね。

俺は今、ターミナルへ着きました。これから受付です。

手が空いたときはメールするから、アルフレッドもしてね。

では、また！　響也より——


翌日、土曜日。

響也はＳＳＰＳプランのトライアルレッスン指導員として乗船すべく、竹芝客船ターミナルへ向かった。

講習会場となるマリンヴィラ号は、正社員である乗組員と講習生、そして講習であることを承知で七泊八日を船上で過ごす宿泊客たちを乗せ、大井コンテナふ頭へ向かう。期間中は、停泊契約を交わしている一般企業の敷地内に錨を下ろすことになっているからだ。

期間内は一日おきに近海遊覧をするが、ホテルシップサービスのトライアルも兼ねているので、拘束時間の七割はコンテナふ頭に停泊。

基本的に下船は禁止だ。

響也は、このスケジュールを見たところで、乗組員はともかく、乗客までストレスを抱えないかが気になった。

確かに大型の豪華客船と同等の館内施設は整っているが、下船なしでの船上生活は軟禁状態のようなものだ。

講習クルーズとはいえ、そこは大丈夫なのか？　と。

ただ、たとえストレスがあったとしても、こうしたリスクをも含めての〝最高接客を身につけるための講習企画〟なのだから、腹を括るしかない。

響也は、昨夜のうちに指導員用として渡してもらった資料を思い起こしながら、待合室で乗船手続きの順番を待つことにした。

（マリンヴィラ号。重量は約二万七千トン。本来なら乗客六百名、乗組員二百名を乗せられる中型船だけど、ここも貴賓館パリ同様、全室スイートルームで四十室しかない。そのため、乗客百二十三名、乗組員百五十八名、総数二百八十一名で乗りこむことになる）

周りから見れば、大きなボストンバッグを抱えて、ぼんやりベンチに座っているだけだが、響也の脳内ではマリンヴィラ号の基本データや船内図が展開されていた。

（全十二階。最上十階ＶＩＰ専用プレジデンシャルスイート四室。八階、九階にロイヤルスイートが十六室。六階にスイートルームが二十室で、基本一室二名から四名の宿泊だから、トータル

で百二十三名。この人数だから、主にレストランバーやラウンジといった接客現場でのスタッフを減らすことが可能なんだろうな）

特に宿泊階や乗船客と乗組員の比率に対しては入念に覚えた。

ほぼ停泊しているとはいえ、これだけの船を管理して動かすかぎり、最低限の人員が必要になる。担当部署によっては、乗船客の人数とは関係なく常に一定数の乗組員の配置が必要だ。

そう考えると、全乗組員から一定数を引いた人数が接客に割かれる数だ。が、響也としては、昨夜からずっとこれに首を傾げていた。

（この人数構成は、やっぱり引くよな……）

通常なら乗組員が二百名のところを、今回は百五十八名。

内訳は船長、副船長、支配人の三名に、接客係が五十五名、それ以外が百名だ。

ただ、響也は最初、これに自分を含むトライアルレッスン参加者四十八名が加わるのかと思っていた。

しかし、詳しく見ていくと、講習生も含まれての五十五名だ。

こうなると指導員を兼任するマリンヴィラ号の接客正社員は、七名しかいないことになる。

これが普通のパーティーやレストランなら、黒服七名の下にスポットが四十八名もいるのだから楽勝だ。

仮に三交代勤務でひとチームが十八名程度だとしても、百二十三名が相手なら乗りきれる。

普段手がけている披露宴が、一卓十人平均に対して担当一人、高砂（たかさご）一人、残りでデシャップ、ドリンク補助なので、だいたいこれぐらいの割合だ。

ただし、スポットにある程度のサービス経験があればの話だが――。

（これで、トライアル参加者がパリで見た未経験者みたいな人の集まりだったら、どうするんだろう？　いくら乗船客が納得してても、俺には地獄絵図しか想像ができないんだけどな）

すでに不安しか起こらない。

そんなときだった。響也に一人の男が声をかけてきた。

すでに乗船の受付を済ませたのか、手には当日配布されたらしき資料を持っている。

「響也？」

「え？　中尾さん⁉」

「どうしてこんなところにいるんだ？」

「それは俺の台詞だよ。赤坂プレジデントの宴会課長が……、あ。指導員として来たのか」

相手の顔を見るなり、響也の顔がパッと明るくなった。

まるで、戦場で味方に出くわしたような安堵を覚えるが、それもそのはずだ。

彼、中尾は老舗の高級シティホテル・赤坂プレジデントに引き抜かれて宴会部の役付社員になった元香山配膳登録員。それも登録員時代は、社長の香山や専務の中津川と肩を並べていた同期で、事務所内でも屈指のサービスマンだった。

幼い頃から可愛がってもらっており、響也からすれば親戚同然の同業者でもある。

「いや、講習生としてだ」

ただ、こうした履歴を持つ男だけに、響也はこの一言に驚いた。

「は⁉　え？　中尾さんみたいなバリバリの管理職が一週間も現場から離れて、今更なんの講習を受けるのさ」

「わからん。ただ、自他ともに認める国内屈指のラグジュアリーホテルの宴会部に、キャリア不問、新人研修から現役管理職までOK。今後の海外富裕層集客を見越して、世界のセレブリティを実際に接客してみてはいかがでしょう――って堂々と案内が届いたから、もう部長どころか松平社長が膝叩いて笑っちゃって。だったらそのセレブリティに常宿を変えてもらうくらいのサービスを披露して、来年から貴賓館の年会費分でうちに来てもらえるようにしろって言われて、あえての一軍・俺指名で放りこまれただけだから」

ざっくり説明を受ける。

響也はすぐに納得をした。

中尾の言う赤坂プレジデントの社長にして国内屈指の製鉄会社、NFSの創立者一族の御曹司でもある松平の性格を知るだけに、容易に膝を叩く姿が想像ができたからだ。

「あ〜。なるほど。社長らしいね。というか、怒るよりも笑ってるところが、めっちゃ怖いんだけど」

「本当だよ。しかも、よく聞いたら社長、貴賓館東京の立ち上げのときに大枚はたいて、最高ランクのVIP会員になっているらしいんだ」

「そうなの⁉」

「ああ。ただ、大金を払ってよそのスタッフ教育をする趣味はないし、何よりスタッフの口が軽そうで、談合や蜜月には使う気になれない。だから、二度ぐらいパートナーや家族を連れて行ったけど、その後はNFSの保養所に名義変更をして、福利厚生部に丸投げしたらしい」

そう言われると、中尾と同い年である松平のパートナーは、現役の政治家秘書で、その兄は現役の国会議員だ。

本来なら、たまには別のホテルで、ここなら安心して利用できるかな――などと思い、申しこんだだろうに。残念な結果だ。

しかし、一番の問題は、そこではない。

「そうか。でも、だからって。よくもまあ、そんな案内を送れたもんだね」

「だろう。気になったから、ホテルマンデリンの宴会部に探りを入れたら、部長責任で握り潰して、申込期日が過ぎてから上に報告だけして終了だってよ。ただし、俺が行くって言ったら、話だけは聞きたいからヨロシクだって」

話を聞くかぎり、案内の発送元は貴賓館東京のようだが、知ってか知らずか、失礼すぎる。

「うわ〜、さすがマンデリン。けど、ようは手当たり次第に、案内を送ったってことだよね。こういったらあれだけど、マンデリン系列はもともと国内資本だからまだしも、プレジデントは本社も資本も米国だよ。それこそ現役大統領からアメリカンドリームを手にした世界の長者番付の上位者たちを、日夜接客しちゃうような系列のホテルサービスマンに、いったい何を教えようっていうんだよ。いくら省庁絡みの企画だとしても、上から目線すぎるよ。あとで外交関係にまで飛び火しても知らないぞ」

響也は、早速中津川経由で越智に知らせてもらわねば、と思った。

何がどこで災いするかわからないのが国際関係だ。

そうでなくとも、国としての最大の目的は〝観光においての海外富裕層の取りこみ〟にあるだろうに、その相手を怒らせかねないことをして、どうするのだという話だ。

「まあ――。省庁絡みどうこうよりも、上から目線なのは倶楽部貴賓館だけだろう。ようは、その世界ランキングに載るようなトップクラスのセレブ出資で創立されているから、そんな上客だけを接客している自分とこのサービスがトップオブザワールドって認識なんだろうけどさ」

「なるほどね」

「それにしたって、自分と同じ理由で脱会したセレブも多いらしいって社長が言っていたから、こういう国絡みのお試し企画をやるのは、新規開拓のための営業の一端かもな。現場と客がよりよいスタッフを育てるってことが公に実証されれば、そこを理由に脱会する会員は減るかもしれないし、そしたら一石二鳥だ」

とはいえ、ここで中尾と会えただけでなく、こうした話ができたのは、いろいろな意味で有意義だった。

越智がどこまで理解しているかはさておき、響也自身が倶楽部貴賓館の体制や体質、また目的が想像できるようになってくる。

総じて、甘いな――としか思えないが。

「あくまでも〝かも〟だけどね。自社で保養所利用ができない個人会員が、バカンスに来てまで社員教育に参加したいとは思えないし。それのどこが〝限りある時間を至高の空間で至高のサービスとともに〟なんだよ。時間には限りがあるんだよ。立派な建物に寝泊まりしたいだけなら、今どきツアーでも安く泊まれるしさ」

「だよな。で、それよりお前はどこ経由でここにいるんだよ。まさか講習生とは思えないけど。

うちの社長みたいなのもいるからな。怒りのあまり、自腹を切ってでも――とか」

それでもこうして話をするうちに、手続きが終わって上船していく講習生たちの列が短くなっていく。

そこは中尾も気にしながら話をしている。

「俺は専務のお友達で、企画担当部にいる人からの指導員参加依頼だよ。さすがに派遣事務所にまでは貴賓館からの案内はきてないし」

「中津川経由か。ああ、あいつの同級生って霞が関の関係者が多いもんな。でも、伝手があったとはいえ、貴賓館に丸投げしないで香山にも依頼するなんて、その担当者は優秀だな。こういう先を見据えた企画の指導にこそ、香山はふさわしいよ」

「俺でも？」

「当然だ。国内にSランクのサービスマンは山ほどいても、そいつらが焦がれるのが香山配膳の登録員だ。そして、その中でも屈指のサービスマンが香山響也なんだからさ」

響也は、中尾からも励まされて、更に気持ちが軽くなる。

ただ、それは自分が思うよりも、気が重い状態でここへ来ていたのだという証でもあり、響也は今一度自分を奮い立たせなくては！　と、思った。

「ありがとう。――あ、そろそろ受付が空いてきた」

「おう。中も見たいし、俺は先に乗船してるから」

勢いよく椅子から立って、手続きへ向かう。

中尾とは「また、あとで」と手を振り合い、空いた受付の前へ立つ。

「次の方」

「香山響也です。香山配膳から指導員として来ました」

ただ、響也は講習生ではないので、ほかの者が提出していた受付票のようなものはない。

ここで名前を言えばわかるようにしておくと言われたので、そのまま伝える。

「え？」

「企画担当の越智さんからの依頼です。すでに連絡はされていると聞いてますが」

「少々……お待ちを。上の者に確認を取って参りますので」

だが、受付に座っていた海軍兵のような濃紺のセーラーツーピースを着こんだ男性社員は、怪訝そうな顔で席を離れた。

（ここでも報連相がダメダメか）

パリでの経験がなければ唖然としそうだが、響也はまたかと思うだけだ。

それもどうかという、話でしかないが。

「須崎教官。この子です」

先ほどのセーラーツーピースの男性は、すぐに黒服姿の男性を連れてきた。

（いきなり、この子呼び？）

この時点で響也は、驚くと同時に頭を抱えたくなった。

本人の前だけでもいいから「この方」ぐらい言えよ、と。

「――君は？」

「このたび、企画担当の越智さんから指導依頼を受けて派遣されてきました。香山響也です」

「そんな、バカな。指導員派遣の件は聞いているが、高校生じゃないか」

「教官」と呼ばれた三十代半ばくらいのインテリ風の男性で、黒縁の眼鏡（めがね）をかけた須崎に嘲笑気味に言われて、さすがにムッとくる。

指導員として疑われるところまでは想定してきたが、まさか高校生に見られるとは思っていなかったからだ。

「これでも成人している大学生です。サービスの仕事は高校一年のときからしているので、キャリアは五年です」

「なっ！　学生バイトのキャリアなんて新入社員と何が違うんだ。国内屈指の、それも他社のサービス部門を立て直した経験のある配膳事務所からお招きだと聞いたので、てっきり社長や幹部が来るものだと思っていたのに……、ふざけるのも大概にしたまえ！」

しかも、須崎は端から響也の言うことを嘘だと決めつけた。

同時に、中津川もしくは越智が、響也のことを詳しくは説明していなかったことがわかる。

もしかしたら何か意図があってのことかもしれないが、それにしたって響也からすれば失礼極まりない話だ。

さすがに鼻息が荒くなる。

「まあまあ、須崎くん。落ち着きたまえ」

――と、ここで恰幅（かっぷく）のよい男性が声をかけてきた。

パッと見た感じ、五十代後半くらいで、響也には見覚えがある。

「支配人」

「越智さんと配膳事務所の間で何か行き違いがあって、この子が派遣されてきたんだろう。それこそ学生アルバイトでも、五年も続けていれば事務所としては可愛い存在だ。事務所名と苗字が同じということは、ご親族かな。それにきっと、バイトリーダー的なポジションなんだよ。それで、もっと伸ばしてあげたいと事務所も考えたんだろう」

上質なスーツに身を包んだ男は、支配人の奥田だ。

しかし、当然のことながら、彼は響也が貴賓館パリですれ違っていたことには気づいていない。そもそもあのロリータルックでは、たとえ挨拶をしていてもわからなかったかもしれないが、それにしても、な言い草だ。

(ばっ、バイトリーダー⁉ そもそもうちは全員プロだって！ それも、母国語以外に最低でも二カ国語が話せるサービス経験者っていうのが、登録の最低ラインという事務所だぞ！)

バイトリーダーも立派な仕事だ。そこをとやかく言う気はまったくない。

だが、香山配膳の存在を知らないにしても、この言われようには衝撃を受ける。

言い方こそ選び、やんわりとさせているが、響也だけでなく事務所そのものを小馬鹿にしているのがわかるからだ。

響也は、今にも「あのな！」と、声を荒らげそうになった。

「ああ、なるほど。それならまあ、理解もできますね。確かに五年も続けていれば、バイトリーダーぐらいの仕事は覚えているんでしょうから」

「かといって、ここで彼を追い返しては、越智さんの顔に泥を塗りかねない。講習生として特別参加を許可しようではないか」

しかし、更に話がとんでもないほうへ転がった。

さすがにこれには黙っていられない。

「――は⁉　それって一銭にもならないどころか、参加費を払えと⁉」

今回にかぎっては、お金をもらっても断りたいくらいのケースになってきたにもかかわらず、費用が発生するとなったら断固拒否だ。

仮に自分の腹が痛まずとも、事務所にだって払わせたくない。

むしろ、昨夜からこのために費やした時間を返すか、時給でよこせと言いたいくらいだ。

「そこは、事務所に頼んで、担当部署か越智さんと交渉してもらってくれたまえ。ただし、普通であれば、講習費を払っても、世界のセレブと直接対面ができて、なおかつ最高峰の接客術を学べる機会など、そうそうない。君がこの先、サービス業に進むのかどうかはわからないが、間違いなく今回の経験は、就活時に履歴書を輝かせる経歴になると思うよ」

響也の中で、何かがプツンと切れた気がした。

どうしてここまで上から目線で、親切面をされなければいけないのか⁉

こうなると、当たりどころは、依頼主である越智へ向かう。

ある程度までなら、中津川の顔を立てて我慢もできるが、もはや限界を超えた。

「わかりました。では、今すぐ事務所に確認をしてみます」

「出航時間があるので、手早くね」

「はい」

響也は荷物を手に、いったんその場を離れると、上着のポケットからスマートフォンを取り出した。中尾と話していて気がつかなかったが、見れば事務所から着信履歴がある。連絡が欲しいというメールも届いている。

「？」

何かあったのだろうかと思いつつ、まずは事務所に電話をかけた。

「もしもし、響也だけど。専務いる？」

事務の社員が出たので、すぐに中津川に替わってもらう。

「――あ、専務？　電話に気づけなくてゴメンね。でさ。俺、今マリンヴィラ号で乗船の受付をしてたんだけど、大学生のバイトリーダーレベルに指導員はさせられないって。でも、越智さんの紹介だし、就活に役立つだろうから、特別に講習生として参加させてあげるって、超上から目線で言われたんだけどさ。このままだと、越智さんが奥田支配人に借りを作る形になる上に、講習費まで取られそうだから、帰るよ」

極力言い方は抑えたが、響也の怒りが尋常でないのは、着信について謝罪しながらも、自分の用件を先に口にしたこと。また、越智の立場にかこつけて「帰るよ」と断言したことに集約されていた。

当然、これを聞いたほうは慌てる。

「え？　事務所に越智さんがいるの？」

ただ、このとき事務所には、ちょうど越智が来ていたようで、電話を替わると同時に土下座せんばかりの勢いで、響也に謝罪をしてきた。

その上で、

〝申し訳ないです。あえて先方に響也くんの年齢や実績は、ぼかして伝えました。お願いです。どうか、言われるまま講習を受けてもらえませんか〟

そう、言ってきたのだ。

ただし、現場での言動や接客自体は、響也の信念と判断に任せる。

何があっても、いっさいの責任は自分が負う。

また、それでも「もう無理！　帰る」となったときには、自分が何をしてでも迎えに行って下船、帰宅をさせるので、まずは講習の様子を響也自身の目で見て、そして率直な感想を伝えてほしいと懇願する。

当然、講習費用は越智持ちだし、正規の派遣料も事務所に支払うから――と。

だが、ここまで言われれば、響也も察する。

（あ、そういうことね）

越智は、自分より確実に状況を見極められる、また信頼の置けるサービスの専門家に、今回の講習が本当に企画のコンセプトやテーマに合っているのかを直に見て判断してほしかったのだろう。

ただ、ここで見るからにプロの専門家ですという者が出向けば、取り繕って誤魔化されるかもしれない。かといって、最初から講習生として送りこむのでは、のちのち異議を唱えることになった場合に、そんな素人の話を鵜呑みにするつもりか⁉　または、こちらを疑いスパイを送りこんだのか！　信用していなかったのか⁉　と、反発されかねない。

しかし、越智としては正式に指導員を派遣したのには貴賓館側となれば、話は別だ。それこそ、他省庁にまで頼んで手配をしたのに、メンツを潰されたのは私のほうだと、奥田を責めることもできる。

このあたりは、越智のほうが一枚上手だ。

また、こうなると、プロには見えないプロ中のプロである響也の存在は、願ったり叶ったりだったのだろう。そこを中津川も理解していたから、響也に決めた。

ただし、現場に出た際の仕事だけは、本人に任せてもらう――という、鉄の条件つきだが。

(バカだな、支配人も。完全に、彼への恩の売り方を間違えたってことだ)

ただ、これらの思惑がわかったことで、響也の中に渦巻いていた憤怒はふき飛んだ。

とりあえず越智には、中津川と電話を替わってもらう。

「了解。今ので、だいたいのことはわかった。そういうことなら、立派にバイトリーダー講習生を務め上げてみせるよ」

〝申し訳ない。でも響也には、余計な先入観なしで、相手の第一印象と出方を見てほしかったんだ。早々に踵を返そうとするくらいだから、言われずとも理解したけど――〟

「まあね。でも、我慢料が高そうだから、ここは受け流しておく。ただし、貴賓館から今回の講習案内を受け取ったプレジデントが、大ウケして中尾さんをぶっこんできたから、ほかにも顔見知りがいるかもしれない。そこは俺が話を合わせてもらうようにしておくから、あとでややこしいことになったら、専務からもフォローしてね」

そうして、それとなく爆弾投下。

〝――中尾⁉　しかも、案内って。わかった。そこは越智にも伝えておくし、フォローも約束するから〟

案の定、これだけで中津川は、貴賓館東京が同業他社にどれほどの喧嘩を売ったのかを察してくれた。それこそ国を挙げて、いずれは他企業にも協力を仰ぐ予定の一大企画を見据えたお試し講習だろうに、これから越智はさぞかし頭を抱えることになる。

「お願いね。じゃあ、また連絡するから！」

響也は通話を切ると、スマートフォンを上着のポケットにしまった。

足早に受付へ戻り、その場で待っていてくれた奥田や須崎に声をかける。

「すみません。事務所に確認をしたところ、それなら講習を受けさせてもらいなさい――だそうです」

「それはよかった。実に話のわかるご家族だ」

奥田はしてやったり顔で、上機嫌だった。

「ありがとうございます」

「そしたら、香山。乗船したらすぐに説明会を始めるから、メインダイニングへ。お客様が乗船される夕方までに、覚えてもらうことがたくさんあるからな」

須崎にいたっては、鼻で笑って響也の肩を気安くポンと叩いてきた。

だが、これにはすぐに反応をした。

「はい。あ、すみません！　よかったら下の名前で呼んでもらっていいですか？　苗字は呼ばれ慣れてなくて」

「なんだ――。いきなり立場が変わったもんだから、距離を近づけてきたのか？　顔だけでなく、性格のほうも可愛いところがあるじゃないか」

すると、須崎は響也のこれを、自分への謙りやご機嫌取りと捉えたのだろう。

調子をよくすると、馴れ馴れしく肩まで抱いてきた。

（言ってろバーカ！　テメェに苗字を呼び捨てられると、叔父貴や兄貴、事務所の仲間まで馬鹿にされているような気になるからだよっ！）

「まあ、いい。そしたら響也。しっかり目をかけてやるから、せいぜい頑張れよ」

響也の思惑を知ることもなく、最後は頭までひと撫でして、乗船するぞ——と促してくる。

これには響也も荷物でぶん殴ってやろうかと思ったが、そこは両手に握り拳を作って我慢した。

（きぃぃぃぃっ腹立つ！　覚えてろよっ！　こうなったら松平社長案採用だ！　この一週間で乗船してきたセレブ客を全員退会させて、うちの得意先に流してやる！　ついでにされたことは全部日記に記録して、万が一にも変な勘違い野郎に成長したら、セクハラ、パワハラでも訴えてやるから、覚悟しておけよ！）

やられたことは、最低でもやり返すぞと決めて、マリンヴィラ号へ乗船していった。

4

——アルフレッドへ。受付終了。これから乗船します。

でも、いきなり指導員から、講習生にされちゃった。

見た目で嘗められっぱなし！

でも、仕事はいつもどおりするからね！

目一杯頑張るから、帰宅したらデートよろしく。

それを励みに、頑張るからね。響也より——


乗船前にアルフレッドへメールを打ってから、タラップへ足をかけた。

まだ起きていなかったのか、彼からの返信はない。

だが、これはよくあることなので、特に気にはしない。

（さてと——）

中へ入ると、すでに自分を含めた講習生四十八名は、メインダイニングに集まっている。

一席、四人から六人掛けの円卓が三十卓ほど並ぶ一番奥には、ホワイトボードが置かれており、到着した順に前から腰をかけていた。トライアルだからか、貴賓館がオールウエイターでも目指しているのか、年齢こそ二十代から四十代とばらつきはあるが、講習生は全員男性だ。

それでもホワイトボードの目の前の席には一人しか座っておらず、響也は須崎についていったがために、必然的にそこに着くことになった。

近くのテーブルには中尾が座っており、響也を見つけた途端に送ってきた目配せで、ほかに顔見知りがいないことを、この時点で知る。が、こうなると、自分たち以外の講習生の経験値はまったくわからない。

「それでは、始めます」

全員が揃うと、まずは船長・直田と支配人・奥田の歓迎の挨拶から始まった。

奥田が饒舌で恰幅のいい紳士なためか、細身で物腰の柔らかい直田船長が、いまいち頼りなく見えてしまう。

だが、船長自身が自ら発したように、今回は航海ではないので、出番らしい出番がないのだろう。「この際私も一緒にサービスの練習をしようかね——」などと愛想よく口にしていたところで笑いを誘い、一部の講習生は緊張が解けたようにも見えた。

そうして、須崎の登場だ。

「本日は迎賓の準備もありますので、説明会は手短に行います。私は教官長を務める須崎といいます。そしてこちらの六名が、直接皆さんの指導にあたる教官社員たちです。それでは、このSSPSプランにおけるトライアルレッスンの重要性から説明をしていきますので、よろしくお願いいたします」

テーブル上に配られていた講習生用のカタログを見ながら、響也も説明を聞き始める。

すると、教官紹介ページのところで、響也は須崎が英語とフランス語が堪能なトライリンガルだと知る。

また、接客社員の六名も、入社五年から八年といったところだが、基本的に英語か母国語以外に一カ国語は話せるバイリンガルのようだ。

このあたりは、世界のセレブを相手にしているだけのことはある。

ただ、他国の倶楽部はさておき、このマリンヴィラ号では、管理職以外の接客乗組員の制服は、冬服は濃紺のセーラーツーピースに赤いチーフ、夏場は白バージョンでブルーのチーフと決められていた。

響也はこの説明の時点で、中尾が蒼白(そうはく)になっているのを見て、溜め息が漏れそうになった。

コスプレや海軍に所属した経験でもないかぎり、これは馴染みのない制服のパターンだ。

それでも響也からすると、ゴシックロリータに勝る衣装はなかったが——。

(船内の施設利用が二十四時間対応ってことから、現場実習も一日八時間の三交代。一応、社員食堂利用で三食つきだけど、デザートや飲み物は自腹で、当然船内で空き時間を過ごすための費用も自分持ち。ただし、空き時間で配布されたマニュアルを熟読、理解の上、日報もそのことをキッチリと書きこむ自習つき——)

前もって指導員用の資料には目を通し、頭の中に叩きこんできたが、立場が変わったことから、講習生用に書かれているこれにも目を通す。

基本的な説明は同じだが、それでも立ち位置を変えて理解しておくことは重要だ。

何より教える側と教わる側では、船内での行動内容が変わる。

(また、七日目の夜にはマリンヴィラ号主催によるディナー&仮装舞踏会が開かれるので、これは全員強制参加で接客。講習の総仕上げ？　そして八日目の昼前に竹芝へ戻って、お客様を送賓

したら、講習修了書授与式及び卒業ランチ会をして一同解散か）

だが、須崎の話を聞きつつ、新たに手にした資料を熟読するも、響也はものすごく引っかかりを覚えた。

（いや、これでシェフ・ド・ラン及びコミ・ド・ラン技能を含めた最高サービスマン初級認定って、意味がわからない。ましてや、この先中級、上級への道は基礎を踏まえた経験でしか培われないって、当然のことだけど。これのどこがＳＳＰＳプラン？　カリキュラムにしても、どこの職場でも最初に教えるようなことしか書いてないよ）

内容が、いつかどこかで見たことがあるような、通信教育講座のようだった。

講習修了書にしても、トライアルだけに発行元は倶楽部貴賓館になるので、国家資格に匹敵するような資格証明にはならないし、なんの権威もない。

少なくとも、この修了書があるだけで、就職できるホテルや宴会課があるとするなら、ここぐらいではないだろうか？　とまで、響也は思ってしまった。

（これで参加費用に加えて、労働力を取られるの？　強いてプラス面を探すとしたら、普通では会えない億万長者と会えることとなんだろうけど。今回の乗船客名簿を見るかぎり、大半は国内企業の社長とその家族とかな気がする。もちろん、見知った名前の人もいるけど……）

響也は、須崎が説明する間も、手元の資料を自分のペースで捲っていった。

目に留まる内容から考えてしまうのは、ＳＳＰＳプランと倶楽部貴賓館の繋がりであり。また、単純明快に考えると、企画依頼、講習委託、企業受講の三点を結んだときに、少なからず発生する利害関係だ。

（ああ……でも、そうか。もしもこの講習が将来的に公費で定期的に開かれることになったら、教官とマリンヴィラ号を提供している貴賓館東京はウハウハだ。講習参加側にしても、観光庁とかの御墨つきサービスマンがいる施設、ホテルシップ講習を受けた施設ってことにできるだろうし。そうなると、今社費を投入して従業員を送りこんでも、のちのち公式で通用する講習修了書っていう見返りはある。そして、こうした実習が功を奏して、ホテルサービスが向上し、海外富裕層の観光客が増えれば、国も予算を投じた見返りは得られるわけだから、すべてに利害関係は成立するんだよな――。ただし、本当にこのＳＳＰＳプランが成功し、そもそもの親企画が始動し、軌道に乗れば――だけど）

理屈は合っている。プランの構造も納得ができる。

ただ、一番肝心なことで引っかかるからこそ響也は、越智同様に首を傾げ続けているのだろう。

「――では、最後の項目。乗船してこられるお客様についてです。前もって講習案内にも記載していますが、乗客される会員様はすべて、皆様の指導協力をしてくださいます。ときには接客に関してのアドバイスをくださり、ときにはあえて困ったお客様を演じてくださり、トラブル回避をどうしたらよいのかなど、実際に起こったケースなども交えて、丁寧に再現してくださり、また解決方法を教えてくださいます」

須崎は胸を張って、これこそが当倶楽部の売りだと豪語したが、この半ば客任せの倶楽部貴賓館の教育で、本当に必要なサービス精神や技術が身につくのか？

「これらすべてが講習の教えとなりますので、どのような接客であれば、お客様が満足されるのか。また、気分を害されることがないのかを常に考えて、行動するようにしてください。以上です」

そうして一時間もしないうちに、講習説明会は終了した。

「これから船内を案内しますので、荷物はそのままに。貴重品を持って立ってください。船内図はカタログにあります。夕方にはお客様をお迎えして、お部屋へご案内するところから実践講習がスタートします。くれぐれも案内違いなどがないように、しっかりと覚えるように」

誰もが社員の言うがままに、貴重品と船内図のついたカタログを手にして席を立った。

しかし、響也だけは、財布をスマートフォンと一緒にポケットに入れたのち、カタログはほかの配布物と一緒にボストンバッグへしまった。

「おい、お前。船内図を持てって言われただろう」

「響也！」

すると、同じテーブルでそれを見ていた二十代前半と思われる男、小坂(こさか)が注意をしてきた。同時に中尾からも名前を呼ばれる。

「ありがとう。でも大丈夫だから」

中尾に話があった響也は、小坂にニコリと笑って御礼だけを言うと、踵を返す。瞬間、背後で舌打ちが聞こえたような気はしたが、響也は中尾の隣に立つと、先ほどの話をし始めた。

ほかの講習生たちは、船内案内のために先頭に立った社員について歩く。

エレベーターと階段のあるプロムナードへ出るために、ホワイトボードからは一番離れたテーブルにいた者たちが先頭に立って歩いていく。

「マジか⁉　それでお前も席に……。けど、お前がバイトリーダー扱いで講習生とか。あいつら本当にホテルマンか？　天下の香山配膳を知らないのか？」

「仕方ないよ。グローリアホテルのときもそうだったけど、自社の社員だけで回していたら、派遣事務所の存在なんて気にしないから」

「でもな――」

「そこ！　何を話している。言われたことを聞いていなかったのか！」

だが、そうとうな小声だったとはいえ、立ち話とわかる様子が目についたのだろう。

背後から須崎が声を荒らげた。

「すみません！」

「失礼しました」

いっせいに前を歩く者たちが振り返る中、響也と中尾が謝罪をする。

すると、須崎の横に立っていた小坂がニヤリと笑った。

響也を見ながら、口元が「ざまあ」と動く。どうやら彼が須崎に告げ口をしたらしい。

(――え？　俺ちゃんとありがとうって言ったはずなのに、無視したとか思われたのかな？　いや、でも……。目を合わせて言ったよな？　え～っ)

あまりに幼稚な仕返しをされて、響也は逆に困惑をした。

それに気づいてか、響也と小坂を交互に見ながら、中尾もいささか動揺気味だ。

「謝れば済むってものじゃないだろう。だいたい、随分余裕があるじゃないか。案内図も持たずに私語をしているくらいだ。船内のことはすべて覚えてきたってことだよな、響也！」

そこへ須崎が、ここぞとばかりに声を荒らげ、名前まで呼びつけたものだから、

「はい。もちろんです」

響也は反射的に答えてしまった。

「――!!　なら、俺たちの代わりに案内してもらおうじゃないか！　さあ!!　できなかったら、今夜は一人で甲板掃除をさせるからな！」

「しょ、承知しました」

小学校か中学校の罰で、廊下掃除を言いつけられる感じだろうか？

響也はここ何年も味わったことのない、気まずく恥ずかしい気持ちになった。

しかし、私語をしていたのは、自分が悪い。ここは素直に反省するべきところなので、周りに会釈をしながら、一歩前へ出た。

同時に丸暗記してきた船内案内図を、頭の中に思い描く。

「――では、ここからは須崎教官に代わりまして、俺、香山響也が船内を案内します。今後は響也って呼んでいただけると嬉しいです」

とはいえ、突然のことに、講習生たちにも動揺が広がる。

中にはそうとう同情的な目を響也に向ける者もいた。改めて見るまでもなく、この場にいる中では、響也が一番若い。「きっと、船に乗って、はしゃいじゃったんだな」くらいに思われていそうだ。

「まずは先に、この場で二点だけ覚えてください。一点目は、自分が船の進行方向に対して、どっちを向いているのかを判断する方法です。海が見えるデッキや階では、すぐにわかると思いますが、問題は左右に部屋しかない客室階やスタッフルーム階などの通路です」

それでも響也は、自分が指導員の立場で自習してきたことを、まずは話し始めた。

「このマリンヴィラ号は全室共通で、奇数番号が進行方向を向いたときに右手になります。また、前から番号がついてますので、部屋番号を見れば、どのあたりに自分がいるのかも判断ができます。ここだけ忘れなければ、初めての船内でも、方向を見失うことはありません」

淡々と説明を始めた響也に驚き、眉を顰めたのは、須崎を始めとする社員たちだった。

隣同士で「え？」と顔を見合わせる講習生もおり、小坂も両目を見開く。

さも当然と聞いているのは、中尾くらいなものだ。

「二点目はエレベーターの位置。お客様用、スタッフ用、ともに船体の前後それぞれにあります。手元の図面でどの施設が何階の前方に近いか、または後方に近いかを覚えていけば、遠回りをするなどの失敗は回避ができます。もちろん、船内のいたる所に案内板が貼ってありますし、都心の地下鉄を乗り継ぐことを考えたら、基本前後左右の案内しか存在しませんから、覚えやすいと思います。なので、まずは進行方向の確認。そしてエレベーター位置を覚えてください」

ここまで話したところで、周囲は完全に静まりかえった。

誰もが響也の話を真剣に聞いており、中にはメモを取り始める者もいた。

「お客様の乗船は夕方からですし、客室とメインダイニングのある七階との行き来がスマートにこなせれば、今夜のところは乗りきれます。仮に、それ以外のご案内や接客を求められた場合は、須崎教官を始めとする正社員の方に確認をして指示をもらってください。残りの施設配置は今夜中に覚えてしまえば、ＯＫです。完璧は明日からでも間に合います」

響也は、それならば――と、余談を承知で、これから行う迎賓に必要なことも、一緒に交えて話していった。

「あと、してはいけないことは、勝手な判断です。少しでもわからない、迷うことがあったら、すぐに正社員さんに確認を取りましょう。お客様も俺たちが講習中なのは承知の上で声をかけてこられるのですから、初めのうちは素直に謝罪をしてから、問い合わせる時間をもらってください。これも接客術のひとつです。急がば回れです」

配膳としてのサービスレベルは、実際に運んでいるところを見なければわからないが、それ以前に接客に対する心構えが出来上がっていない者が多い気がした。

講習生の年齢こそまばらだが、大半が初心者に見えたからだ。

「また、そこで確認したことは、一度で覚えましょう。二度は聞かないことを自分に課してください。接客担当の正社員さんは、須崎教官を始めとする七名だけで、俺たち講習生の指導とお客様方の対応をします。自分が初めてでも、すでにほかの誰かが同じ質問をしている可能性を考えて、負担にならないように心がけることも大切です。まずは相手の立場になって考える、常に自分以外を思いやることが、サービスの始まりですからね」

そうして一人一人に、まずは社員と講習生の対比率も確認してもらう。

自分が未経験者であればあるほど、マンツーマンで教えてくれることはないという事実を早く受け入れ、覚悟を待って仕事をしていく必要もあるからだ。

「そして、お客様に対しては、誰にたとえ何度同じことを聞かれても、最初に答えたときと同じ笑顔と気持ちで返してください。これは毎日の挨拶と同じだと思って構いません。当たり前のこととして、日々の気持ちのよい返事で相手にいい印象を持っていただくことが、トラブル回避にも繋がります」

この際だから、いくら乗船客が聞くことを、習うことを許してくれるとしても、それを端から当てにするのはサービスではないことも印象づけた。

そしてそれは、社員たちに対しても同じだ。

「また、万が一のときに大事を小事で収めることにも役立ちますので、自身の好印象を育むことが、最大の武器であり盾になることを絶対に忘れないように。技術や経験がない。または浅い方ほど、自身の与える印象が一番の保身術になりますのでね！」

こうして響也は、最初に覚えてほしいサービスのなんたるかを、さらさらと話して、笑顔で締めくくった。

「前置きが長くなってすみません。では、船内案内に参りましょう。あ、小坂さん」

ただ、途中で話を脱線させた自覚はあるので、それを元に戻すために、響也はわざと小坂に視線を向けた。

「え」

「今いる場所の名称と、何階のどのあたりにいるかを答えてください」

「えっ？　メインダイニングルームで三階の後部」

すると、突然の名指しでの質問に動揺はしていたが、それなりの回答はしてきた。

「ほぼ正解ですが、ここは七階です」

「七？　え、七階⁉」

それでも、あまりに自分の答えと違う階を言われて、かなり困惑していた。

しかし、それは何も小坂だけではない。簡単にでも、案内図を覚えてこなければ、こういうことになる。これは地上に建つホテルであっても、よく起こる勘違いだ。特に駅と直結しているホテルなどは、フロント階イコール地上一階とはかぎらないからだ。

「タラップを上がったフロントデスクを一階と数えると間違えます。このマリンヴィラ号は、船底の機関室から一階と数えることになっているので、フロントデスクがすでに五階。この海に面して、唯一プロムナードのあるこのフロアが七階になります」

「へー。そうなんだ」

改めて言われたことで、小坂は感心していたが、これで二度と間違えることはないだろう。

また、このことは、今のやり取りを見ていた講習生たちにも、漠然と案内図を見るだけよりは、印象に残ったはずだ。

それをこの場の空気で感じつつ、

「いいですか、二度は説明しないですよ。船の先頭からメインラウンジ、ピアノサロン、ダイニングサロン、オープンバー。ここまでが前方エレベーター利用。そして、ギャレー、メインダイニングが後方エレベーター利用。これが、この七階です！　では、最上階に移動して下りながら各階を覚えていきましょうね」

響也は、まずは今いる場所を認識し、それぞれに覚えさせていった。

配膳サービスがメインの講習生たちが、もっともかかわるのはこの七階だ。

最初にここと客室階を覚えてしまえば、あとは一日、二日動き回れば、自然と覚える。

ようは、どこを軸にして覚えるかが大事なのであり、そのコツを説明せずに案内図を片手に歩き回ったところで、時間のロスだ。

そうして響也は、この場の全員を最上階のサンデッキへ誘導してから、順に一階まで下りながら全船内を案内し終えた。ラウンジやシアターなどの施設だけでなく、各階のランドリーや社員食堂の場所まで、軽快なトークを交えて説明していくので、最後まで誰一人飽きることもなく、真剣に耳をかたむけ続ける。

「本当に覚えてきていたのか」

さすがにこれにはぐうの音も出なかったのか、須崎は信じられないという顔つきで、響也に聞いてきた。

「はい。バイトリーダーですので」

「――!!」

そして、開き直ったように笑う響也に、返す言葉もなく口を噤んだ。

＊＊＊

船内を回ったのちに、講習生たちはくじ引きで部屋割りを決めた。

もともと客室を余らせているためか、スタッフルームも比較的上の階にあり、講習生たちには、五階のツインルームが割り当てられた。これは思いがけない好待遇だ。

（やった！　船底じゃない！　しかも、海側を引き当てた。ラッキー！）

響也は同室者がいるとはいえ、くじ運のよさに浮かれた。

こうしてはしゃぐ姿は、船内を案内していたときとは別人だが、それが自然と周りを和ませたようで、「よかったな、響也」「俺なんか倉庫側だよ」などと声もかけられた。

（講習仲間とも思った以上に早く打ち解けられてるし、出だしは好調。イイ感じ！）

乗船客の迎賓までは、二時間ほどあった。

この間に、響也たちはランドリーへ行き、自分サイズの制服を選んで、自室で着替えて待機する。制服は毎日の仕事始めに借りて、終わりに返す形で、クリーニングは専門の部署がある。このあたりは普段派遣で行くホテルと同じシステムだった。

とはいえ、いざ着替えてみると、初めて着るセーラーカラーは響也の童顔を際立たせた。

また、講習生には専用の白いチーフが用意されており、社員と見分けられるようになっている。

（これじゃあ、本当に高校生だよ）

クローゼットに備えつけられた姿見を見ながら、ある意味ゴシックロリータ以上の衝撃を受ける。

なぜなら、化粧も鬘もない上に、これは男性用の制服だ。

それなのに、同じものを着用しても、二人ひと組の同室相手となった小坂は精悍（せいかん）だ。

長身で筋肉質な上に、アウトドア派なのだろう。真冬だというのに焼けた肌をしているので、海軍兵士のように見える。

同じ格好とは思えない男らしさを見せつけられた気分になり、自然と唇が尖った。

しかし、いつまでも気にしているわけにはいかない。

響也は、見た目のことは諦めて、資料片手に自分のベッドへ腰を下ろした。

並ぶベッドの間の頭側、壁に設置された大きめの丸窓からは、澄んだ空と海が見える。

「なぁ、響也。お前って須崎教官の身内？　このマリンヴィラ号の社員？　実は、俺。ここの奥田支配人の甥っ子でさ。これでも幹部候補生なんだ。それで担当フロアも最上階のＶＩＰ階なんだ。今から超セレブ会員に、顔を覚えてもらわないといけないだろう」

するると、ベッドでごろ寝していた小坂が、馴れ馴れしくもドデカい態度で自慢をしてきた。
先ほども名前と勤め先程度の軽い自己紹介は行われたが、これは初耳だ。
おそらくはオフレコなのだろうが、響也が自分と似た立場だと思って話してきたのだろう。
その上で、上下関係を作り出そうとしているのが見え見えだ。

「そうなんですか。でも、俺は須崎教官とは今日受付で会ったのが初めてで、無関係ですよ。当然社員でもなく、自己紹介したとおり、大学生兼派遣の配膳人です」

講習生四十八名のうち、貴賓館東京の新卒内定者が六名参加していることは、自己紹介のときに明かされていた。そのうちの一人が、この小坂だった。
だが、響也からすれば、どさくさに紛れて新卒の研修までしてしまおうというのだから、貴賓館のマイルールには唖然とするばかりだ。

当然、他社から来た講習生は、小坂たちが同じ立場とは思えないだろうし、余計なストレスがかかるだけだ。講習費用を取っているくせに、配慮のなさに腹も立つ。

「え！　でも、須崎教官からも名前呼びされてたじゃないか。それに、船内のことにも詳しいし。勤めてなかったら、ああはスラスラ出てこないだろう」

しかし、勝手に舎弟ができたとでも思いこんでいたのか、小坂は慌てて起き上がる。
「船内のことは事前に案内書を丸暗記してきただけで、名前呼びに関しては、単に苗字で呼ばれることに慣れていなかったので、名前でお願いしただけです。これは皆さんにもお願いしたでしょう。あとは、これまでにいろんなホテルへ行っているので、今回のように初めて行くところであっても、そこまで困らないんです。最初に覚えることは、変わらないので」

響也は手にした資料を捲りながら、淡々と返す。

だが、こうした響也の態度が、小坂は気に入らないのだろう。

もとからマウント気質で、お山の大将でここまできているのがわかる。

ましてや奥田支配人の身内となれば、尚更だ。

「ふ～ん。なら、話していた中尾とかっておっさんは？」

「赤坂プレジデントにも派遣でお世話になっているので。あと、身内でもない人を気安くおっさん呼びはやめたほうがいいですよ。今回は社用を含めて参加されたようですけど、中尾さんは、今こそ現場を担当していますが、いずれは赤坂プレジデントの三役です。他社にも濃い横の繋がりを持っていますし、奥田支配人のお身内なら、なおのこと失礼はないほうが――」

響也は、小坂のようなタイプが面倒くさくて、中尾の設定を少し盛った。

しかし、この盛りは、根も葉もない嘘ではない。

彼は実力も人柄も申し分がない上に、社長の松平が気に入り、自らヘッドハントをした人材だ。入社したときから、彼のよき相談相手としても信頼を積み上げてきているからだ。

「そう……、なのか。で、せっかくの休憩時間だっていうのに、何見てんだよ」

中尾や響也には、思うようにマウントが取れないと理解してか、小坂が話を逸らしてきた。

「説明会のときに配布された、お客様リスト。部屋番号と名前だけでも覚えておこうと思って」

「そんなの顔写真がなかったら意味ないんじゃねぇの？」

「意味があるかないかは、俺が決めることだから」

パラパラとリストを捲っていると、軽く舌打ちされたのが聞こえた。

（またか――。悪い癖だな）

響也は溜め息が漏れそうになるのをぐっと堪える。

かといって、親しくもない相手に注意する気はないので、目の前のリストに集中することにした。普通のホテルなら、個人情報保護の観点からも、宿泊客の部屋と名前を一人一人のスタッフに伝えることはないが、今回は講習を前提にしているからだろう。

しかも、あえて渡されたということは、覚えておけという暗黙の指示だ。響也は六階をメイン担当することになっているが、全室分を覚えることに集中した。

（九〇一号室。クレマン・バレーヌ氏は、わざわざパリから来るのか。けど、奥田支配人たちがパリにいたってことは、まあ――、何かしら繋がりがあるのかもしれないな）

中でも、自称アルフレッドの友人が目を引いた。

会員権を相続したばかりで、倶楽部に貢献したいと思っているのは本心のようだ。

そう考えると、貴賓館のオーナーやＶＩＰであることに特別なステイタスを見出せる者には、お金を払ってまで講習生や新入社員の指導に参加することは、意味や意義があるのだろう。

楽しみにしている者もいるかもしれない。

（それにしても、十階の客室最上階、ＶＩＰフロアを貸し切りにするって、すごいな。ラフィーウ・マンスール様御一行としか書いてないけど。マンスールって、まさかハビブの親族とか知人？

可能性はある？　ハビブ自身は行かないけど、この際親戚たちで行ってこい、とか？）

ただ、ここでハビブと同じ苗字の来賓を目にして、響也は一抹の不安を覚えた。

いっそ本人が暇潰しにでもやってくる、菖蒲や愉快な仲間たちを引き連れてくるというなら、賑やかになるのを覚悟すればいいだけだ。

しかし、彼の会員権を借りて親族や関係者がやってくるとなったら話は別だ。

いくら貴賓館側がセレブ慣れしているとはいえ、ハビブの家系は桁違いだ。

それこそ護衛としてクジラ柄の潜水艦が出動した日には、想像することさえ拒絶したくなる騒ぎになりかねない。

「おい。そろそろ時間だぞ」

と、ここで小坂が声をかけてきた。

「あ、はい。ありがとうございます」

響也は手元に置いていたスマートフォンのアラームを気づかれないようにオフにしてから、電源を落としてクローゼット内に設置されている金庫へしまった。

マウント気質はあるものの、彼は親分肌でもあるのだろう。船内図のことで注意をしてきたのも、見るからに年下とわかる響也に対して、持ち前の面倒見のよさが出たのかもしれない。

ただ、それに見返りを求めて、満足のいくものが返ってこないと、ふて腐れるのはいかがなものかと思うが。それでも響也が、先に部屋を出た小坂のあとをついて歩くと、背中から満足げなのが伝わってきた。

「――響也」

「中尾さん」

通路を進む途中で、部屋から出てきた中尾と出くわし、響也の意識が逸れた途端に不機嫌になる。

「犬かよ」

ぼそりと呟く小坂に、響也は口にこそ出さなかったが、

（面倒くさっ）

大きな溜め息をついて、中尾に同情的な目を向けられた。

それでも先ほど話をしたためか、小坂も中尾には嫌な態度を取らなかった。

聞かれることを避けたのだろうが、舌打ちもされずに済んだ。

これだけでも、話を盛った甲斐はあったというものだ。

そうして同階のフロントまで移動をすると、

「では、二手に分かれて迎賓開始」

「はい！」

響也たち講習生は、須崎や社員の指示に従い、タラップの下と船の入り口に分かれて乗客たちの出迎えをした。

「いらっしゃいませ」

「日高様です。よろしくお願いします」

「かしこまりました」

響也は、手荷物とともにフロント前まで誘導してきたスタッフから老夫婦の案内を引き継ぐと、フロントに名前を伝えて、カードタイプのルームキーを出してもらう。

そうしてキーを受け取ると、客室へ案内をして、またフロントへ戻る。

しばらくは、この繰り返しだ。

（――あ、バレーヌ氏だ）

だが、響也がちょうどフロントへ戻ってきたときだ。奥田と立ち話をしていたらしいバレーヌが、何やら遠慮がちにその場で別れると、自分から近くにいた小坂に声をかけていた。

「バレーヌだ。案内を頼む」

「ありがとうございます。ルームキーまたは、お部屋番号をお聞きしてもよろしいですか」

「――は？　そんなこともわかっていないのか！」

「っ⁉」

しかし、小坂が部屋番号を確認したところで、いきなり憤怒した。

突然怒鳴られたことで、小坂も周囲にいた者たちも、ビクリと肩を震わせる。

「大変申し訳ございません。クレマン・バレーヌ様。小坂さん。九〇一号室です」

「！」

響也はすぐさまフォローに入った。

これには小坂だけではなく、バレーヌまで一緒になって目を見開く。

「ほう。少しは使える子もいるんだな。あ、社員くんか？　だが、チーフは白だし」

「私は講習生です。頑張りますので、どうかご指導のほど、よろしくお願いします。では、お部屋のほうへ」

バレーヌは、前もってフルネームと部屋番号を覚えていた響也に、至極感心し、また喜んでくれた。彼に関しては、個人的な理由から真っ先に覚えてしまったにすぎないが、そんな事情はこの場で関係がない。

「いや、荷物は君が持ってきて。頼まれて部屋の階を落としたからといって、オーナーかつVIP会員である僕の名前さえ覚えていないなんて。気分が悪いからね」

響也がバレーヌから手荷物とルームキーを差し出されると、小坂は痛恨の一撃を食らったがごとく、その場で深く頭を下げた。

「――申し訳ありませんでした」

小坂は担当となった最上階利用者の名前しか覚えていなかったのだろう。

だが、最上階は、ひと家族によって貸し切りだ。そうなれば、たとえVIP会員であっても、九階の広くて立地のよい部屋から取っていくことに不思議はない。

会員ランクによって予約できる部屋が決まっているとはいえ、どこでも利用できるVIP会員だからこそ、必ずしも最上階にだけいるとはかぎらない。

ましてや今回は講習協力客だ。こうしたところで、試し行為があったとしても不思議はない。

会員のランクを見誤れば、あとの祭りだ。

「かしこまりました。では、ここは私が――」

自分の甘さに気づいてか、ショックを受けている小坂に目配せをして、響也は「まだ最上階のお客様も到着していないし」と小声で告げてから、フロント前から前方エレベーターへと向かった。が、三台設置されているエレベーターは、どれも上の階へ向かっているところだった。

「ただいま、ご乗船されるお客様で混み合っておりますので、少々お持ちください」

上がって戻るだけなら、一分とかからないが、一声かける。

ただ、こうしている間に、もしかしたら、自分が先日会ったばかりのアルフレッドの連れだと気がつくかな？　とは考えた。

「了解。それより、笑顔が本物だね。到着早々に同僚を怒鳴りつけるような僕を、嫌な客だと思わないの？」

だが、彼にそうした様子はまったく見られない。

会釈程度しかしていなかったからなのか、女性だと信じきっていたからなのか、そもそも眼中になかったのかもしれないが――。

「いいえ。すべては、ご指導のためと思っております。かえって私たちのために、本来でしたら不要なお気遣いをいただきまして、誠に申し訳ありません」

なので、ここは響也も初対面同士を貫き通すことにした。多少なりともパリでの様子を知っていたので、彼が先ほど程度のことで怒鳴るタイプではないと感じていたのもある。

明らかにわざとだろう。それこそ、講習協力のために、張りきって横柄なＶＩＰ客を演じているようにしか見えなかったのも確かだ。

それも今は、頑張っている僕に気づいて！　感が満載だ。

「え～？　困ったな。そんなふうに言われたら、君には嫌な客になれない」

正直な感想に加えて、スタッフとしての社交辞令を乗せたことが、想定外の展開を生んだ。

両手で手荷物とルームキーを持っていた響也に、バレーヌが突然壁ドンをしてきたのだ。

――ドン！　と、本当に音を立てられたことに、響也は目を丸くした。

「まあ、君のように可愛らしい子。たとえ指導役であっても、わざと絡める客はいないか。でも、それがかえって心配だな」

「バレーヌ様？」

「今回は一人旅だから部屋にはベッドが余っているんだ。よかったら今夜から一緒に――ね」

これは果たして、講習生用のトラップなのか、本気なのか？

状況から正しい判断ができないが、正面切って口説かれていることだけは理解ができる。

それも、いろいろ段階を飛ばしてベッドへだ。

――と、ここで再び壁をドン！　と叩かれて、響也が肩をすくめるのと同時に、バレーヌが「ひっ！」と悲鳴を上げながら、身体をずらした。

見れば、響也の顔の左横に、新たな壁ドンの手がつかれている。

それとも黒革の手袋に黒の袖という、これだけを見てもヤバそうな予感しかしない手だ。

「な、なんですかいきなりっ」

バレーヌが衝動的に口走る。

響也もそれにつられて、相手の手から腕を辿って本体を視界に捉える。

(――っ)

見れば、ダークスーツにロングコートを羽織り、頭部にはシルバーグレーのクーフィーヤと黒のイガールをつけている長身の男だった。クーフィーヤからは艶やかな黒髪が覗き、美しい輪郭や目鼻立ちだとわかる白い貌には、サングラスがかけられている。

褐色の肌に金髪のハビブとは対象的だ。

(ど、どこのマフィア様？　いや、やっぱりハビブの親戚かな？　かぶり物以外は何一つ似てない上に、そもそも遺伝子がまったく違いそうな気はするけど……)

ただ、響也は無意識に彼を見つめると、目が離せなくなってしまった。

それどころか、急激に鼓動が強まり、うまく呼吸ができないまま息を呑む。

(でも、長身でスラッとしていて、チラリとしか見えなくてもモデル級にカッコイイのがわかる横顔とか……。いや、そうじゃなくて！　全体的に漂う、この超ヤバそうな雰囲気に同類を感じるって、やっぱり親族だよな⁉)

男は壁についた手をスッと引くと、両腕を胸元で組んで、バレーヌを見下ろした。

「邪魔だ、退け。低層階のセレブもどきが、最上階利用の我々の進路を妨げるな。身のほどを弁えろ」

容赦のない暴言を放つと同時に、背後に控えさせていた黒尽くめの男たち、ざっと十名以上はいるうちの一人に、軽く目配せをする。

「なっ！　なっ‼」

すると、男の一人が唖然と立ち尽くす小坂の手から荷物とルームキーを取り上げ、そして響也の手からも同様に取り上げて、代わりに最上階の手荷物とルームキーを渡してきた。

小坂にはバレーヌの手荷物とルームキーが渡される。

「お前が案内を替われ」

男が響也にそう言い放った瞬間、エレベーター三台のうちの一台が下りてきて、リンという合図とともに扉が開いた。

「え⁉」

戸惑う響也の横を通り、男が先に乗りこむ。

「さあ、案内をしろ。早く」

中で身を翻した男から更に急かされて、響也はたどたどしい口調で「かしこまりました」と返事をする。

「すみません。小坂さん。バレーヌ様をお願いします」

こうなると、二人揃って立ち尽くすしかなくなっている小坂にバレーヌの案内を頼み、響也自身は男のエレベーターに乗りこんだ。

「ラフィーウ・マンスール様のお連れ様も。どうぞ、こちらへ」

自ら指定ボタン前に身を置き、手にしたルームキーを読み取り装置にかざして、十階を押す。

それでも、ワンフロアを貸し切るだけの団体だ。当然、一台では連れの男たちが乗りきれずに、自らあとの台を選択する七人がその場へ残る。

（こ、怖いだろうな。あの状況で一緒に残されるのも）

こちらの扉が閉じた数秒後には、次のエレベーターが来るだろうが、バレーヌと小坂にとっては、さぞ生きた心地がしないだろう。

特に、こんなところでスタッフを口説いたがために、マンスールに目をつけられただろうバレーヌに関しては、このまま下船してしまうのではないかと思ったくらいだ。

（それにしても、迎賓早々こんなことになるなんて。これで、七泊八日も持つのかな？）

「信じられない」

しかし、動き始めたエレベーターの中で、急にラフィーウが怒気を含めて呟いた。

「どうかなさいましたか？」

驚いて響也が声をかける。

すると、彼はいきなりサングラスを外して、それを響也へ向けた。

響也との間に立っていたSPたちが、スッと身体をずらす。

「いや、どうかしているのは君のほうだろう」

「⁉」

外されたサングラスの下からは、困惑する響也を映すブルーの瞳が現れる。

「え？　アルフレッド⁉」

どんな姿をしていようとも、響也がこの瞳の持ち主を、間違えるはずがなかった。

5

突然目の前に現れたアルフレッドを凝視する響也をよそに、エレベーターはリンと音を立てて十階へ到着した。

自動で開く扉から、一緒に乗りこんだSP七人が先に降りて、エレベーターホールで主を待ち受ける。

響也は、アルフレッドの視線から目を逸らせないまま、一緒に降りるよう促された。

そこからは、意味がわからず萎縮気味になる響也に代わり、黒尽くめのSPたちが、それはそれは小まめに動いてくれる。

「本当に、信じられないよ。いくら私に案内役を替われと言われたからって、たった今、あんな目に遭ったばかりなんだよ。それなのに、どうして君は我々と一緒にエレベーターに乗ってしまうんだい。こういう場合は、どうとでも言い訳をしていったんこの場からは退却。すぐにでも上へ報告しなきゃだめじゃないか。あ、この場合の上は、貴賓館の社員や上司ではないよ。香山か中津川だからね」

ある意味、いきなりお説教モードに突入したアルフレッドを響也に任せたとも取れるが、SPの一人がルームキーと手荷物を預かり、そそくさと両開きの扉を開けた。

また、別のSPたちは、アルフレッドの側に二人だけを残して、先にプレジデンシャルスイートのエントランスフロアへ入っていく。

明かりを点けてから、注意深く室内の様子を窺う。

安全を充分に確かめた上で、アルフレッドと響也を中へ誘導するところは、キャリアのあるホテルマンも顔負けだ。

目的が違うとはいえ、響也も見習いたいと思うほど動きに無駄がなく、またスムーズだ。

「君の警戒心の薄さと、他者への信頼が紙一重なのは理解している。でもね、あんな場所柄も弁えず、ベッドへ誘われたんだよ。もしも私が君を助けたふりをして、部屋へ入るや否や、襲うような男だったら、どうするつもりなんだ。ましてや、一対一でも危険だろうに、八対一だよ。君がこの部屋から逃げられる可能性はほぼゼロじゃないか」

そうして響也たちは、安全が確認されたリビングダイニングへ足を踏み入れた。

本来ならば、パノラマのオーシャンビューが楽しめる特等室だが、冬の日没は早い。

すでに、空がどんよりとした色に変わり、室内も入り口で点けた照明だけでは、薄暗く感じる。

せめて、あと三十分もすれば、街側の窓から都会のビル群に灯る明かりが宝石のように見えるはずだが、タイミングが悪いとしか言いようがない。

だが、これもまたすぐにSPの一人が照明のリモコンを手に取り調整、解決してくれた。

素晴らしいチームワークだ。

しかし、この間もアルフレッドは、響也への小言を続けている。

「それともこの状況から、無事に脱出できる自信や手段があるのかい？　あるなら、その方法と成功率と、それにいたる根拠を説明してくれないか」

ときには、古の詩人かと思うような甘い言葉を囁く彼の唇が、論理的な説明を求めてくる。

（――これはガチだ）

ただ、見た目によらず、響也自身が理系的な思考で物事や現場を見て判断するタイプなので、答えは考えるまでもなくはじき出されていた。

「……いえ、ないです。無理です。ごめんなさい」

言われてみればもっともな話半分、さすがに考えすぎだよと言いたいのが半分な内容だが、ここは素直に謝った。

言うまでもなく、もしも自分がアルフレッドの立場だったら、同じ危惧をするからだ。

しかも、響也自身がアルフレッドもとい、ラフィーウ・マンスールをそういう意味ではまったく警戒していなかった。

一瞬どころか、しばらく見惚れた自覚もあるので、反論ができなかったのもある。これで本当に口説かれたり、迫られたりしたら、ドキリとしている間に逃げ遅れているだろう。

しかも、そのドキリが明らかにバレーヌからのそれに対する単なる驚きと違うのは、あの場でされた壁ドンだけでも充分わかる。

紛れもない胸きゅんなドキリだ。相手がアルフレッドでないかぎり、全力で抵抗するのは間違いないが、その瞬間だけは〝いいものはいい〟と感じてしまうだろう。正直さの表れだ。

ただ、こういうところは、アルフレッドも似ていた。

むしろ、彼のほうが、もっと冷静かつ客観的に「いいね」「素晴らしいね」「素敵だね」と惜しみなく発言するタイプで、それは幾度となく響也の嫉妬心に火を点けてきた。

彼にかぎって、恋愛感情から発することはないとわかっていても、自分以外の誰かを、仕事でも容姿でも褒めているのを聞いたら、やはり嫉妬してしまうのだ。

ましてや「素晴らしいルックスだよね。ちょっと胸が高鳴った」などと言われた日には、その場で浮気を責めるかもしれない。

今、この瞬間にも想像できるくらい、ふて腐れる自分の姿が目に浮かぶ。

(――うわっ。ってことは、ラフィーウがアルフレッドでなかったら、俺浮気心が芽生えちゃったかもしれないのかな？　でも、外見はともかく、中身がアルフレッドだったから、本能的にドキドキしたのかもしれないし。ここは、そういうことにしておこう！)

こうなると、響也自身も保身に走った。

間違っても、ラフィーウに胸きゅんしたことは口にしないし、あくまでも中身がアルフレッドだと察した本能が、大好き警報を発したこととし、自分自身を納得させる。

(でもな……)

とはいえ、リビングダイニングへ入ると、アルフレッドはコートを脱いで、つけていたクーフィーヤもイガールごと外した。

慣れないものから解放された心地よさからか、安堵の溜め息もついている。

その瞬間、普段はサイドへ流している長めの前髪が頬にかかり、なんとも色っぽい。それが黒髪バージョンとなると、華美と言うより神秘的にも見える。

漆黒の髪にブルーの瞳がどこかオリエンタルな雰囲気も醸し出しており、そこへ着こんだダークスーツや黒革の手袋まで合わせて、何もかもが響也には新鮮で、胸の鼓動は高鳴るばかりだ。

先日、響一が圏崎の海賊コスプレを見て、きゅんきゅんしていたのは、こんな感じだったのだろうなと、響也も思う。

「――何？」

だが、あまりにジッと見すぎたためか、アルフレッドが少し引き気味に聞いてきた。

「黒髪のアルフレッドも、すごくカッコイイな――と、思って」

響也は「へへっ」と笑って、隠しきれない本心を口にした。

やはり、いいものはいい。

相手がアルフレッドだとわかると、尚更湧き起こってくる高揚が止められなかったのだ。

しかし、その瞬間。アルフレッドは手にしたイガールをギュッと握り締めて俯いた。

微かに頬が染まり、唇まで噛み締めている。

「あ、ごめんなさい！　きっと何か事情があって、こんな格好で。それもハビブの親戚みたいな偽名で、乗船してきたんだよね？　それなのに俺ってば、不謹慎だった。本当にごめんなさい！

今後は気をつけるから許して」

余計なことを言って、更に怒らせた。

それも、これではまったく反省がないと自白したようなものだと気づいて、慌てて謝り倒す。

しかし、これらのやり取りをずっとチラチラと見てきたSPたちは、二人に背を向けながらも、肩を震わせている。

客観的に見れば、面と向かって褒められたアルフレッドの照れ隠しだとわかりそうなものだが、それに気づかずに慌てる響也がいつにも増して、可愛らしく見えてしまったのだろう。

セーラーカラーのツーピースが破壊力を増幅させているのもある。

しかも、こんなときにインターホンが鳴った。

後続のエレベーターで上がってきた、残っていたSP七人だろう。響也は反射的に「はい！」と返事をして向かおうとした。が、側にいたSPに止められた。

「こちらは私が。響也様は、どうか先にアルフレッド様とお話を」

「話？」

「はい。お祭しのとおり、こうまでして乗船してきたのには、理由があります。フロントには、私どもから、案内してもらうために少し引き止めると伝えておきますので」

「――はい」

まずは事情を把握するように促されて、響也は言われるままこの場に留まった。


二十人は余裕を持って寛げるリビングソファに腰をかけると、響也は、手袋や上着を脱いで一息ついたアルフレッドから、経緯を聞いた。

〝――え？　この週末からサービス講師として、出張へ行くことになったからデートは延期？しかも、今夜は資料の読みこみで頭がいっぱいだから、ごめんね？〟

ことの始まりは、昨日響也から受けた出張連絡の電話だった。

そのときアルフレッドは社長室で、明日のデートの予定を組むのに奔走していた。

それが急遽延期になり、その上、響也は講習の予習で今夜は書斎に籠もると聞き、電話を切ると同時に突っ伏した。

だが、こればかりは仕方がない。響也の実力が評価されているからこその依頼だ。響也自身も張りきっていたし、自分の出張のときは日頃から笑顔で送り出してもらっているアルフレッドからすれば、ここは同じように送り出すしかない。

なので、帰宅後もアルフレッドは、響也の予習の邪魔はしなかった。挽きたてのコーヒーを淹れて「無理しない程度にね」と声をかけて出したのちは、邪魔にならないようにそっと自室へ籠もった。

すでに、さんざん仕事をしてきたあとだが、こうなれば自分も何かしらの作業をしていたほうが、響也も気が楽だろう。そう考えてノートパソコンを開いたのだ。

そして、そこから思いのほか作業に集中してしまったがために、アルフレッドがベッドへ入ったのは明け方近くだった。

それですっかり寝すごし、響也を見送ることもできず、目を覚ましたときには秘書が預けてある合鍵で、SPともども寝室まで乗りこんできていた。せっかくの休みに、何事かと思う。

だが、アルフレッドのスマートフォンには、朝から幾度となくかけられた秘書からの着信記録が残り、響也からのメールまで届いていた。

〝すぐに支度をしてください。今夜からマリンヴィラ号に乗船します〟

〝は?〟

〝手配は済んでおりますので、御髪の色替えとお着替えを!〟

〝あ?〟

そうして、疲れと眠気が残るアルフレッドは、出かける準備を強いられた。

聞けば、響也が一週間も講師として乗船しっぱなしだと知ったところで、アルフレッドがトドメを刺されたように凹んだのを見て、これはどうにかできないか？　となったらしい。

乗船の手配ができれば、アルフレッドもそして響也も喜ぶのではないか？　と、一晩かけて考えたと言う。

だが、会員制の船なので、いきなり乗船を申しこむことはできない。

まずは伝手を探し、その一方で。仮に、客として乗船するのが無理でも、アルフレッドなら響也同様、サービス講師として乗りこめるだけの技術と経験が充分にある。

ここからまた一週間も会えないことを考えたら、どんな立場でも喜んで乗りこむだろうと、圏崎にも相談を持ちかけたと言うのだ。

秘書は、圏崎から響一を通して「アルフレッド様も追加講師として派遣できないだろうか」と、中津川にお願いしたかったらしい。

これを聞いただけでも、アルフレッドは彼らに特別手当を支給しようと思った。

ただ、実際のところ、秘書からマンション直撃の奇襲攻撃のような相談を受けた圏崎は、

〝それならハビブに聞いたほうが早い。実は、俺も、あんまりアルフレッドが立ち直れないようなら、頼んでみようかと思っていたんだ。彼なら経営にも意見ができるだけの会員権を持っているし、場合によっては喜んで権利を売却してくれるはずだから〟

自らも考えていたらしく、ハビブの会員権の話を持ち出した。

乗客、乗組員のどちらからアプローチするにしても、これ以上の相談相手はいないからと、自ら受話器を上げて――。

そして、その結果。

〝あん？　アルフレッドを貴賓館東京へ？　いいよ。もともとやるよって言ったくらいの会員権だし、役に立つならいくらでも使ってくれ。ただ、急な話だし、今回は俺の招待客として、アルフレッドをマリンヴィラ号に乗りこめるようにするほうが、手っ取り早い気がする。ちょっと待ってろ。確認するから〟

ハビブは、圏崎たちの力になることを快く了承。

また、その場で自身の秘書に命じて、倶楽部貴賓館アラブへも連絡を取ってくれた。

ただ、貴賓館東京への問い合わせから、交渉が成立するまでに、数十分はかかりそうだというので、待っている間、秘書と圏崎、そしてハビブの三人が、電話越しにアルフレッドの話で盛り上がった。

どう盛り上がったのか、アルフレッド本人には説明できないようだったが、問題はその場に彼らを止める者がいなかったことだ。

響一も菖蒲も揃って仕事で留守だったがために、

〝いっそ、アルフレッドを俺の親族として送りこんで、この際だから響也にもサプライズしたらどうか〟

――などと、浮かれた話になってしまったことだった。

響也との普通デートでノンブランドの服まで着ようとするくらいなら、アラブ系のコスプレくらいは笑ってするのではないか？　というのが、一連の流れのようだ。

そして、待つこと三十分――秘書から交渉成立のサインが出た。

今回は講習がメインのツアーだったこともあり、最上階の四部屋中三部屋が空いていた。残り一部屋を予約していた客も貴賓館側からの交渉により、快く下の階へ移ってくれることになり、最上階を貸し切ることができた。

ただ、これだけなら、悪ノリをした男たちの友情物語の果てに、アルフレッドが髪色を変えられ、マフィアだかアラブだかわからないような格好をさせられて、最愛の響也の仕事ぶりをこっそり見にいくというものだったのだが――。

〝アルフレッド様。ハビブ様から至急のご連絡が〟

〝――ん？〟

アルフレッド一行が竹芝客船ターミナルへ到着したときだった。

〝実は、秘書の方が貴賓館アラブの担当者と話をしていたときに、どうも引っかかる話を聞いたようで。あれから少し、調べてくださったとのことです〟

〝引っかかる話？〟

ハビブからの報告により、アルフレッドはこの講習会用のツアーに、一つの懸念を抱くことになった。

そして、その懸念は一時間もたたずに、嫌悪と確信へ変わることになる。

〝ハビブから、せっかくなので楽しんでくれと言われて来た。ラフィーウ・マンスールだ。連れは十四名になる〟

〝これはこれは、マンスール様。お待ちしておりました〟

〝当ツアーの内容は、すでにご承知でいらっしゃいますか。わからないことがございましたら、いつでも須崎、またはこの奥田にお声がけをくださいませ〟

乗船受付まで来ると、アルフレッドは船長や奥田支配人から直接挨拶を受けた。

特に奥田からは、改めてツアー案内のカタログを手渡されると同時に、妙に引っかかるものの言い方をされた。

嫌な予感しかしない笑みを向けられた気がして、アルフレッドはカタログに視線を下ろす。

〝！〟

その後、アルフレッドは、フロント前で講習生を叱咤するヒステリック気味な婦人を見た。

そこから、更にエレベーターホールで、響也が口説かれているところへ遭遇。

これが、懸念が嫌悪と確信に変わった瞬間となったのだ。


「――は⁉　何これ。〝マリンヴィラ号、初めてのホテルシップ講習を兼ねた七泊八日愛の鞭ツアー。今回は貴賓館東京新卒内定者に加えて、他社からの講習生までもが勢揃い。優しくも、厳しく接客教習してくださるお客様を大歓迎！〟って」

響也は、初めて目にした会員用のツアーカタログのタイトルや売りこみに、目を見開いた。

随分キャッチーだなと思う反面、要所要所の言葉遣いが引っかかる。

「ようは、この船ですごす七泊八日に関しては、講習生相手ならどう絡んでもOKってことらしい。客がどういう目的で参加して、行動しても、すべては講習生に対する接客レッスンということで、ある程度のことまでなら黙認される。さすがに犯罪レベルの絡みはなしだろうが、仮にそうしたことになっても、貴賓館の客ならお抱え弁護士がいる。船側にしても、何かしらの保険には入っているだろうから、大概のことなら示談に持っていけるはずだ」

「――」

響也は自分が想像した以上のことをアルフレッドから言われて、返す言葉を失った。

手にしたカタログとアルフレッドの顔を交互に見てしまう。同時に、ここにいたるまでに起ったこと、見聞きしたことの数々を事細かに思い起こしていく。

すると、その様子を見ながら、隣に腰かけていたアルフレッドが長い脚を組み替える。

「頭が追いつかないか？　私もハビブから〝最近、倶楽部貴賓館の会員の中に新人いびり目的で、講習パーティーやツアーを選んで参加する者がいる。しかも倶楽部側はそれを黙認するどころか、お得意様扱いで歓迎しているらしい〟と聞いたときは、まさかと思った」

口調がいつになく重々しい。

同じホテル経営者として、またサービスの世界に生きる者としての怒りさえ感じる。

「――ただ、乗船してから、攻撃的な会員や、それを見て見ぬふりをする社員が目に留まり、これかと思えて。もちろん、講習生のために、あえて嫌な客を演じているんだと言われたら、それ以上追及できないんだが……。講習を前面に出すことが、いびりを正当化する言い訳になっていることは確かだろう」

問われた響也は、ゆっくりと深呼吸をしながら、頷いてみせる。

「うん。そう言われると確かにそうかも。さっきの説明会でも、お客様が何をしても、それは講習のためだからみたいなことを強く言われた。実際、バレーヌ氏もわざと講習生に怒ってみせたり、俺に絡んだのも、そうだったのかもしれないし。ただ、彼の場合は、何をするにも頑張ってる感がにじみ出ていて、根っからいびれるようなタイプではないと思うけど」

「まあ、そこはね。あいつはよくも悪くもお調子者で、惚れっぽくて、ナンパな性格だ。ただ、他人をいびって、心から悦べる男ではない。そこは昔から変わった感じがしないからね」

こうなると、アルフレッドの知人であり、VIP客でもあるバレーヌが、真性のいびりタイプではないだけでも救いだ。

しかし、問題はそこではない。

問題は、今こうしている間にも、本気で講習生いびりを楽しんでいる者がいる。

それを、学びだと信じて、ひたすら堪えている講習生がいるかもしれないことだ。

「まあ、なんにしても。この状況が理解できたから、すぐに船を降りるよ」

「え⁉」

しかも、下船を決めたアルフレッドが、組んだ脚を解くと、立ち上がった。

「当然だろう。こんなところに、大事な君を置いてはおけない。そもそも指導員として派遣されてきたのに、講習生にされたところで、契約違反だと言って帰ってもいいくらいだ」

「でも、そこは。どういう形でもいいから、この講習を見届けてほしい。本当に、SSPSプランとして適しているのかどうか、情報が欲しいっていう派遣依頼だったから――」

響也は今すぐここから離れる準備をと促されて、慌てて彼を制するように立ち上がる。

アルフレッドの言いたいことはわかるが、だからといって同意はできないからだ。

「それで君が嫌な思いをすることになったり、万が一にも取り返しのつかないような嫌がらせを受けることになったら、どうするんだい？　君は私を復讐に駆り立てたいの？　それとも船ごと沈めさせたいの？」

「アルフレッド！」

ただ、彼が言わんとすることは理解ができた。

たとえ、響也自身が納得し、覚悟の上でいびられたとしても、アルフレッドがその相手を許すことはない。

ましてや、そんな客を歓迎する貴賓館側も、こんなところへ響也を放りこんだ越智も、場合によっては派遣依頼を受けた中津川まで含めて敵認定するだろう。

船ごと沈めるも、彼が言うと洒落にならない。

「もちろん。私はそこまで愚かではないし、不用心でもない。だって、君の安全を優先するには、ここから撤退することが一番確実で早いことを知っているからね」

アルフレッドが理解を求めるように、また最悪、この場から力ずくでも――と言わんばかりに、響也の利き手を摑んでくる。

しかし、響也は逆にその手を摑み返した。

それも、両手でしっかり、絶対に放すまい――と。

「でも！　誰が、そんないびり目的で乗船してるかなんて、わからないでしょう？　少なくともバレーヌ氏は違うわけだし。それに、俺が部屋まで案内をしたお客様たちは、全員〝頑張ってね〟って言ってくれた。〝心から応援しているからね〟って」

だが、こうまでして響也がアルフレッドからの厚意を断るのには、理由がある。

すでに迎賓を開始したこと、何組かの乗客と関わり合ったことなどだ。

「日高様なんて、ご夫婦で参加していて。まるで、孫たちの成長を見るようで楽しいって言ってくれたんだ。これまでにも、こうした企画には参加してきているけど、自分たちのアドバイスが若い人の役に立って、成長に繋がっているのが嬉しいからって。少なくとも、俺はそういうお客様のほうが多い気がするんだ！」

中には、祖父母のような年頃の老夫婦もおり、響也をまったくの新人と思いこんで、目一杯激励してくれた客もいた。

また、それが今の自分たちの生き甲斐なのよ――と、まで口にして。

「それに、いびり目的の人がいるってわかっていながら、それを放置して逃げたら、俺も見て見ぬふりの貴賓館側と同じになっちゃうよ。ましてや、数時間とはいえ、行動をともにした講習仲間を見捨てていくなんて、俺にはできないし、したくないよ！」

そうして響也は、アルフレッドの手を握り締めた両手に、いっそう力を込めた。

いきがかりだったとはいえ、最初に船内案内をしたことをきっかけに、すでに親しみを込めて、声をかけ合う者もいる。中尾だっている。

「何より、神聖なサービスの現場を、サービスマンたちを、そんな一部の人間の嫌がらせだか、ストレス解消だかに利用されるなんてまっぴらだ！　これが貴賓館全体で黙認されていることだっていうなら、それこそ貴賓館なんて潰れてしまえって思うし。もしも、ごく一部の人間が、この新人研修のシステムを客寄せに利用している、食いものにしているだけなら、そいつらだけは許しちゃいけないと思う。そうでしょう、アルフレッド！」

もっとも、響也が自らこの場に残り、状況打破に立ち上がったのは、止めどなく湧き起こる怒りからだった。

こうなると、トレンチもまともに持てない新人をぶっつけ本番でパーティー会場へ放りこまれるよりも腹立たしい。

サービスのなんたるかを、根底から穢されたような気がしてならなかったからだ。

「許すも許さないも、実証が難しいよ。少なくとも、君が許せないと思う者をあぶり出すには、その人間の言動を見て、判断していくしかない。ましてや、始めから組織ぐるみなのか、一部の限られた人間によるものなのか。また、これによる特別な利害がどこかで発生しているのか。そういったことを明確にしていかなければ、善悪は明確にできないし、ましてや罰は与えられない」

ただ、アルフレッドは微苦笑を浮かべるばかりだった。

響也が言わんとすることは理解ができるし、どのような解決策を望んでいるのかもわかる。

しかし、至極冷静に、また客観的に見たときに、誰もが講習現場であることを承知して集っているというのは、兎にも角にも厄介だ。

どう転んでも、言い訳が用意されている中での悪意を、証明するのは難しい。

かといって、万が一にも怪我などに繋がる実害が出ることは、響也以外であっても、避けたいことだ。そんなことになれば、巡りに巡って響也が傷つく。

アルフレッドからすれば、本末転倒にしかならないからだ。

「お客様の言動は、俺ができるかぎりチェックする。中尾さんにも頼むし、なんなら講習生全員から情報を集めるよ！　さすがに、社員の人たちがどこまで認識しているのかはわからない。こればかりは、悪意があると見えるお客様にどういう対応をしているのかで見極めるしかないし」

それでも響也の辞書に、逃げる、諦めるの文字はなかった。

しかも、ここまでやる気を見せられると、自然と自分も何かしなければと思わされるのか、SPたちまで、「我々にできることはします。協力も惜しみませんよ」と、いつの間にかサングラスを外し、真剣な眼差しで訴えてきた。

これにはアルフレッドも参ってしまう。

「ただ、愛の鞭だなんて軽々しい言葉で、嫌がらせやいじめを正当化するようなことだけは、絶対にさせたくない。だから、お願い――アルフレッド。俺に、協力して」

その後も響也は、アルフレッドの手を取り、説得を続けた。

「ううん。俺のことが心配で大事なら、ここで何がなんでも守って！　俺が安心して仕事ができるように。許せない奴らを見つけて、ぎったんぎったんにできるように」

そして最後は、どうせ自分を守るなら、ここでして。

俺と一緒に戦って――と迫りに迫って、アルフレッド、もといラフィーウ・マンスールを味方につけた。

設定はアラブ大富豪一族にして、中身は米国大富豪という、ある意味最強の男を――。

＊＊＊

「――それでは、失礼いたしました」

改めて気持ちを引き締め直した響也は、黒髪のアルフレッドとSPたちに見送られて、部屋をあとにした。

見れば最上階のエレベーターホールには、須崎とともに小坂が立っている。

それに気づいたアルフレッドは、部屋を出ることなくツイと顔を背けて扉を閉めた。

下船するまでは、漆黒の髪のラフィーウ・マンスールに徹することになっているからだ。

「大丈夫だったか？　なんか、やばいことされなかったか？」

三人でエレベーターへ乗りこむと、先ほどとは打って変わった態度で、小坂が聞いてきた。

「え？」

「いや――、相手は十五人だし。わざわざお前を選んで連れていったから、さすがに心配になって。それで、須崎教官に連絡してついてきてもらったんだ」

須崎は特に何も言わなかったが、奥で腕を組んで小さく頷く。

「あ、そう。それは、心配かけて、ごめんなさい。でも――、マンスール様は、俺がバレーヌ様にあんなところで口説かれていたから、それで助け船を出してくれただけだったよ。それこそ、一人で部屋まで案内させるのは、どうかと思ったからって……」

「なら、よかった。あ、でも……。バレーヌ様は、わざと誘ったって言ってたぞ。世の中には、金にものを言わせるけしからん奴もいるし。その、お前……実際に可愛いから、こういう誘いもあることを知ってもらうためにって。ただ、あのアラブは本気だろうし、実際食いそうな気がしたから、心配だって。それで、俺に見てきたほうがいいって」

小坂が大きく胸を撫で下ろす。

本心はわからないが、バレーヌ自身は〝そういうこと〟にしたらしい。

だが、本人がそう言ったのなら、変に気を遣わなくて済む。響也からすれば、早い段階で彼が〝完全ないびり目的〟の乗船でないことが明確になっただけでも、有り難い。

今後も指導の表現方法では驚かされることがありそうだが、彼の〝倶楽部のために尽くしたい気持ち〟に嘘はなさそうだ。

このあたりは、友人だろうが知人だろうが、結果的にアルフレッドが彼の招待を受けたことにも通じるのだろう。

どんな招待でも断れる彼が、まあいいか――で、響也たちまで同伴したのだ。

バレーヌは根本的に人は悪くないのだろう、人は。

「そうなんですか。そしたら、あれも講習用のお試しトラップだったんですね。小坂さんを怒鳴りつけたのも、実は頑張って演技してみたらしいので」

「――ああ、俺もあのあとに、謝られたよ。でも、前もって渡された名簿を覚えていなかったのは自分が悪いし。響也の対応を見たら――ごめん。俺も反省して、バレーヌ氏には素直に謝ることができた」

しかも、つい一時間前は、天狗（てんぐ）並みに高々だった鼻をポッキリ折られたのか、小坂は人が違ったのかと思うほど軟化していた。

自分の甘さが露見するだけでなく、外見や肩書きで嘗めてかかっていただろう響也との差を、そうとう痛感したのだろう。これに関しては、須崎にも言えそうだ。

何の気なしに奥田が放った「バイトリーダー」という言葉を鵜呑みにしたが、少なくとも自社の新入社員とは比べものにならないことぐらいは、理解しただろう。

だからといって、対応が変わるとは思えないが、この時点で嫌みや文句を言ってこないだけ、響也の仕事ぶりは認めたのかもしれない。そんな顔つきだった。

「そう……、ですか。なら、お互いによかったですね」

「まあな。ただ、バレーヌ氏は講習用にいろんなパターンを用意してきたらしいから、いきなり何をするかわからないけど、いきすぎたときは止めに入ってくれとも言われたから」

「ぷっ！　ある意味、今のうちに止め役を作っておいたら、安心していろいろできるって思ったのかもしれないですね」

「かもな」

小坂は複雑そうに首を傾げたが、響也からすれば思わず笑ってしまった話だ。

そうこうしている間に、エレベーターが七階に着いた。

「——さ、無駄話はここまでだ。迎賓もすべて済んだし出航だ。大井に停泊したら、すぐにディナータイムに入るから、メインダイニングで準備にあたるように。俺は船長たちに一連の報告をしてから行く」

「はい」

二人をメインダイニングへ向かわせると、須崎はそこからスタッフ専用のエレベーターに乗り換え、十一階にある操縦室へ向かった。

乗客の迎賓を終えたマリンヴィラ号は、竹芝客船ターミナルを出発すると、湾内の航路に従い大井コンテナふ頭へ向かった。

移動時間は三十分もないが、煌めく街明かりの中を進む様は、ちょっとしたナイトクルージング。乗客たちも、いよいよ七泊八日のツアースタートだ。

（新人講習系のパーティーやプランに好んで参加している会員の割り出しは、アルフレッドがハビブに依頼してくれたから、ここは安心だ。そのうち、どれくらいの人が、いびり目的でマリンヴィラ号に乗りこんでいるのかはわからないけど、日高様やバレーヌ氏のような方がいることも確かだから、絶対に負けないし、いい講習会、いいツアーにしなくちゃね！）

船がコンテナふ頭に錨を下ろしたときには、響也たち講習生はメインダイニングのある七階へ集合し、ディナータイムにやってくる乗客たちを待っていた。

配膳担当のときには、制服の上からギャルソンエプロンを腰に巻くことになっており、これだけでも印象が変わる上に、講習生たちの気持ちも切り替えやすそうだ。

また、メインダイニングも日中の明るい雰囲気から一変。

間接照明とテーブルランプで彩られた大人びたムードの空間となり、日ごとに流れる音楽のジャンルも変わるという。

さすがは現役のクルーズ船だ。一定期間滞在する乗客たちを、飽きさせない工夫が随所になされている。

その上、カジノや映画館、プールにフィットネス、ブランドショップや医療施設にビジネスルームと様々な設備も万全だ。大概のことが船内で事足りてしまうことを考えると、ホテルシップが始まったときには、既存ホテルはうかうかしていられない。

響也は、これに関してはいい勉強、経験になっていると実感していた。

「いらっしゃいませ。お部屋番号をお聞きしてもよろしいですか？　ご予約のテーブルへご案内いたします」

「九〇五号室の峰元だ」

「承知いたしました。では、こちらへ」

ディナータイムを楽しむ、最初の夫婦が現れる。

初日のディナーだけは、講習生全員が社員に手ほどきを受けながら、配膳することになっているため、提供されるメニューもシェフオススメの〝ウエルカムコース〟一択だ。

アルコールやドリンク類、サイドメニューなどは別オーダーになるが、すべてが皿盛りなので、響也から見れば初心者向けだった。

しかも、客席数から単純計算をするなら、一人で二人から三人分のコース料理を提供すればいいだけだし、仮にレストラン配膳が初めてであっても、過度な心配はない。

多少は考えられているし、教える気がありそうだな――とは思う。

（まあ、自社の新人デビューじゃないし、講習費用を取るんだから、当たり前か――。いや、違うだろう！　簡単なミーティングで、それも口頭説明しかしていないんだから、これで生徒からお金を取るのは、ぼったくりだよ！　危ない、危ない。なんか俺、貴賓館に来てから、基準がおかしくなってきてる。気をつけよう！）

すぐに、自分を正したが――。

（よし！）

そうして響也は、ぼちぼちと乗客が入り始めたところで、待機中の講習生たちに手招きした。

「えっと、俺が言うのは生意気だってわかっているんですが。初めてこうしたレストランでの配膳をされる方は、無理にたくさん運ぼうとか、往復しようとかしないでくださいね。社員さんや経験者を見て真似をしようとは思わず、お皿は直接手に持つなら二枚まで。トレンチ使用でもそれは同じで、意識して厨房から近いテーブルを担当してください」

講習生四十八名のうち、四十名は未経験者で、響也と中尾以外の経験者六名もカフェや居酒屋でのバイト経験があるぐらいだった。全員がホテル関係者だが、配膳サービスの講習なので、あえて無関係な部署で働く者が送りこまれていたのだ。

それこそ、入社二年目程度の総務所属からフロント歴十数年の課長クラスまで、聞けば聞くほどバラエティ豊かだ。

それでも赤坂プレジデントのような大型のシティホテルからの参加者は中尾だけ。ベッド数で判断するなら中小規模のホテルが中心で、ビジネスホテルから来ている者もいた。

香山配膳どころか、そもそも派遣に応援を頼むことがないホテルばかりなので、響也が自己紹介で「派遣事務所から来ました」と言っただけで、ざわついたほどだ。

その後の船内案内で一目置かれなければ、「配膳事務所の社長子息？」「コネ参加？」と思いこまれたままだっただろう。

それ自体は、どうでもよいことだが――。

「皿盛りの配膳だけなら、今日明日あればだいたい身体が覚えます。けど、最初に粗相をしてしまうと、気持ちが萎縮して、覚えが悪くなってしまいます。なので、ゆっくり丁寧に慌てずに。今夜は社員さんたちも揃っていますし、多少は経験がある方もいます。あと、一番遠いテーブルは俺が配りますから、見た目は頼りないかもしれないですけど、頼ってくださいね。俺、こう見えて支配人や須崎教官にバイトリーダーの称号をもらっているので！」

ただ、今回のような状況で、少しでもチームワークを作ろうと思えば、まとめ役かリーダーがいる。

そういう意味では、取ってつけたように言われたこの肩書きが役に立つ。

響也がさも自慢げに言い放つと、年上のいい大人たちが、クスクスと笑ってくれた。

「バイトリーダーって。いちいち可愛いよな、響也って」

「まさに癒やし系。妖精さんかと思う」

「でも、俺たちよりガッツリ仕事の内容を熟知しているのは、案内を見てもわかるし。確かに、最初に失敗したら、トラウマになりそうだから、ここはお言葉に甘えて頼らせてもらうよ。代わりに、すぐに響也が頼れる大人の男たちになってみせるからさ！」

やる気も充分で、小坂のように尖ったタイプの者もいない。何より自分がまったくの素人であること、また年齢と経験は別ものだということにも理解があるため、「可愛い可愛い」と言いつつも、しっかり響也を自分たちのリーダーとして認めてくれている。

本当ならば、中尾を立てるところなのだろうが、下手をすると教官や社員たちを押さえこむだけの実績と肩書きがあるので、ここは本人が自ら響也の片腕となり、援護に回っていた。

しかし、だからといって、響也が思い描いたようなディナータイムとはならない。

現実は厳しく、また小説よりも奇なりだ。

ダイニングの席が埋まり始め、飲み物のオーダー確認をしつつ、配膳がスタートすると、五分から十分おきに粗相の音が聞こえた。

「わっ」

「大変失礼いたしました！」

（嘘――）

それも、ちょっとした不注意からテーブル上のグラスを倒したり、ワインをこぼしたり、スタッフ同士でぶつかったり。いびり目的などない、好意的な会員であっても、気分を害して文句のひとつ、ふたつ言っても不思議がないミスがあちらこちらで繰り広げられたのだ。

（うわ……っ。これって、やる気や勤勉さで補えるのかな？　もしかしたら、慣れ以前の問題ってこと？　いくら普段の仕事と違っても、一応はホテルから送りこまれているんだからって思ったけど。すでに、向き不向きで判断がされて、配膳関係からは遠い部署に配属されていた人たちだった場合、今日明日でどうにかはならないかもしれない？）

適材適所とはよく言ったものだった。見る間に響也と中尾の顔が青ざめていく。

（やっぱり貴賓館は貴賓館だ！　このぶっこみ具合に、パリも東京も関係なかった。ってか、少しは先手先手でフォローに回れよ、社員――、え!?）

しかも、こうなったら社員相手でも指示を出すぞと思ったときだった。

響也の視界に、自分から小坂に向かっていく中年女性の姿が飛びこんできた。

最初にメインダイニングへやってきた峰元夫人だ。

「わ、避けて！」

思わず口に出したときには、ぶつかっていた。弾みで、小坂がトレンチに載せていた赤のグラスワインが、夫人の着ていた白のイブニングドレスにぶちまけられる。

「どこを見ているのよ！　ドレスが――、いったいどうしてくれるの！」

「も、申し訳ございません！」

「妻に何をするんだ。謝ればいいってものじゃないだろう！」

「申し訳ございません！」

ヒステリック気味な夫人の声に被せるように席から立ち上がった中年男性、峰元が続けざまに怒鳴りつける。

だが、こうなると小坂は足下に転がるグラスやトレンチを拾い上げることさえできなくなった。完全に萎縮し、困惑し、謝罪をするだけでも精一杯の状態だ。

それこそ彼は今日一日で、この仕事そのものにトラウマを抱えても不思議がない。

それほど、次から次へと絡まれる。これこそが、誰一人彼が奥田支配人の甥だと知らない証なのだろうが、響也からすればただただ気の毒だ。

「須崎教官は支配人を呼んでください」

「響也！」

響也は側にいた須崎に声をかけると、真っ直ぐに小坂のもとへ向かった。

ちょうど反対側から中尾が向かっているが、この場にいる社員は唖然としていて動かない。

（いや、待って。普通はお客さん側だって、立ち歩くときには気をつけるし、わざわざ混み合っているところへ自分から突っこんではいかないよね⁉　どんなに講習のためでも、必要最低限のマナーは守ってもらわなかったら、セレブ相手の接客っていう唯一の特典の意味さえなくなっちゃうよ！　ただのクレーマーじゃん！）

これが、いびることを目的に乗船している客なのか——と、思う。

しかし、だからといって、こうしたときに響也の立場でできることは至極限られている。

「お客様。大変失礼いたしました」

「中尾さんは旦那様を。奥様、大変申し訳ございませんが、いったんお部屋のほうへ。ただいま代わりのお召し物とクリーニングの手配をいたしますので」

響也は即決で、体格のよい峰元の対応を中尾に任せた。

そして、自分は夫人に声をかけて、まずはこの場からの移動を促す。

「——代わりって。せっかくのツアー初日から、気分を害されて。ましてや、このドレスはオーダーメイドで一点物なのよ。それをクリーニング程度でどうにかできると思ってるの⁉」

しかし、夫人はこの場から動こうとしなかった。すでに周囲の目が一点に注がれているというのに、まるで気にしていないどころか、もっと目立ちたいのか声を荒らげる。

しかも動こうとしないのは、峰元のほうも同じだ。

「大変申し訳ございません。つきましては、上の者からも謝罪とご説明をさせていただきます。お手数をおかけしますが、まずはお召し物を——」

「だったら、こいつに弁償させろ！　こいつがきちんと前を見ていないから悪いんだろう」

誘導しようとする中尾の手を振りきると、すでにその場で膝を折ってしまった小坂を指さしながら、響也に向けて怒鳴り散らした。

――が、背後から「バン！」と強くテーブルを叩く音がしたのは、このときだ。

「⁉」

見れば、三卓ほど離れたテーブルに、ＳＰたちを従えたアルフレッドがいた。

あれから着替えたのだろう、今は白いカンドゥーラを身に纏い、頭部に被ったクーフィーヤをイガールで押さえている。

「うるさい。黙れ。キーキー、キーキー、ここは猿山か」

スッと立ち上がると、不機嫌極まりないといった顔つきで、響也たちのほうへ寄ってきた。

さすがにこれには、峰元夫妻も身構える。

まさか、自分と同じ立場の乗客から文句を言われるとは考えていなかったのだろう。

周囲もこの状況に対しては、固唾を呑んで見守っている。

「なっ、何よ！　あなただって、このツアーの意味はわかっているんでしょう。私は、わざわざ、彼らに教えるために、嫌な役割に徹しているのよ」

「そうだ！　こういうときに、うまく機転を利かせて、客の気持ちを落ち着かせることだって、必要なスキルのはずだろう‼」

だが、峰元夫妻はすぐに講習ツアーであることを盾に取り、アルフレッドにまで食ってかかった。今にもアルフレッドに手を出すのではないかと思うような剣幕だ。

響也が危機感から、峰元の腕に利き手を伸ばす。

「お客様っ！　どうか、落ち着かれてください。まずは、こちらへ」

「お前はさっきから、こちらこちらとうるさいんだよ！」

「――っ!!」

しかし、それがかえってまずかった。いっそう感情的になった峰元が、響也の手を振り解こうとして払った勢いから、頬まで打ちかけた。

「うっ！」

だが、そんな男性の手首は、頬に当たる寸前のところで、アルフレッドに掴まれた。

それこそ力ずくで、下げられる。

「うるさいのはお前らだって言ってるのが、聞こえないのか。だいたい、ツアーの意味も何も、お前らが同じ客である俺たちを不愉快にしていいなんてルールはどこにもないだろう。そこ、わかって言ってるのか」

「っ！」

ブルーの瞳が氷のような冷ややかさと怒気を放つ。

さすがにこれには、峰元もハッとしたようだ。

「それに、普通に考えたって、この状況で移動を願うのは、当たり前のことだ。客はお前たちだけじゃない。お前らが、そのウエイターに気分を害されたというなら、俺はお前らにそれをされている。迷惑だって言われているのが、わからないのか」

「――!!」

「愛の鞭だか、なんだか知らないが。教える側にマナーがなければ、ただの〝嫌な客〟だ。そもそも俺には、当たり屋にしか見えなかった」

「っ……っ」

アルフレッドの叱咤が止まらない。

響也も、ここまで憤りを隠さない彼を見るのは、知り合ってから初めてだ。

「一流のサービスマンを育てるのと、その場しのぎの謝罪マンを生み出すのとでは、意味が違う。素人相手に、当たり散らして個人的なストレス解消がしたいだけなら、そういう目的で人を雇えばいいだけだ。倶楽部会員なら、それぐらいの金はあるだろう」

そう言ったアルフレッドが、背後にチラリと視線をやった。

すると、ＳＰの一人が、スマートフォンを操作して差し出してくる。

「――ほら。ちょっと探せば、世の中にはいろんな商売をしている奴がいる。これなんか、一時間三千円程度で、どんなにヒステリックな文句や愚痴でも黙って聞き続けて、必要があれば相槌まで打って、返事もしてくれるそうだぞ。利用したらどうだ？」

受け取ったアルフレッドが、皮肉たっぷりに検索された画面を見せつける。

「っっっ!!」

とうとういたたまれなくなったのだろう。峰元が身を翻した。

一歩遅れて、夫人が「ちょっと！」と口走りながら追いかける。

「お客様！」

「ここは俺に任せろ」

「中尾さん」

咄嗟（とっさ）にあとを追おうとした響也を制して、中尾が夫婦を追った。

しかも、アルフレッドが目配せをすると、待機していたＳＰのうち二人が、更に彼らを追いかけた。

ちょうど今下りてきて、出入り口ですれ違ったらしいバレーヌが、何事かと慌てふためく。

一瞬、静まりかえったメインダイニングも、ざわつき始める。

だが、それさえ制するように、その場に立つアルフレッドが高々と利き手を上げた。

「こうして見苦しいところ見せてしまったのは、俺も同罪だ。この場にいらっしゃる皆様のテーブルに、ドンペリＰ２をボトルで――。スタッフには手間を増やしてしまうが、俺からのお詫びだと言付けて配ってくれ」

目の前に立つ響也にオーダーをしたところで、周囲のざわめきが歓喜に変わる。

「かしこまりました」

「あ、お前たちも配膳を手伝え。短気な主の代わりに、謝罪も忘れずにな」

「はい！」

アルフレッドがＳＰたちに指示をする傍らで、響也もまた側にいた社員に、すぐさまドン・ペリニヨンのＰ２ヴィンテージをテーブル数だけオーダーし、在庫の補充を要請した。バーやラウンジには、更に高価な酒類も置かれているが、この場で食前酒として提供されている中では、もっとも高額なものだ。

急いで社員たちが準備し、抜栓する音が響き出す。

「船内価格で十万円だっけ？　さすがはセレブ船」

「ガチだ。ガチセレブだ。見るからにアラブ富豪だ。あれこそがセレブ・オブ・セレブ」

突然の騒ぎに凍りついた講習生たちが、次々と響く軽快な抜栓音に興奮を隠せないでいた。

しかし、そんな中でも、響也は自らも抜栓をしたボトルを、いまだ席に戻ることのないアルフレッドのもとまで持参した。

「お持ちいたしました」

「ありがとう」

すると、口元だけで小さく笑ってみせたアルフレッドが、受け取ったシャンパンボトルを手に、すぐ側の四人掛けのテーブルに向かって一礼をした。

そこは、いまだに両目を見開いたままだった老夫婦、日高夫妻の席だ。

「大変、失礼いたしました。さぞ、嫌な思いをされたことでしょう。さしたるお詫びにもなりませんが、ぜひ――」

思えば、突然目の前で騒がれ、言い争われ、身を縮こまらせて俯くしかできずにいた。

席運とはいえ、彼らが一番巻きこまれたと言える。

「そ、そんなことないわ。正直言って、胸がスカッとしたわ。ねぇ、あなた」

「おお。本当だよ。そうだ、よかったらぜひ一緒に!」

アルフレッドは、日高夫妻に勧められるも、まずは自らの手で夫妻のグラスにシャンパンを注いでから着席をした。

その姿は、高級給仕さながらの品があり、日高夫妻のみならず周囲の目を釘づけにする。

いきなり始めた峰元夫妻への叱咤には驚かされたが、その後のフォローが完璧すぎて、響也もしばし足を止めてしまうほどだ。

また、膝を折っていた小坂に至っては、ヨロヨロとしつつも響也に手を借りて立ち上がると、深々と頭を下げてからキッチンカウンターへ戻っていった。

「どうか、私からも、君に同じものをご馳走させてくれ。あ、響也くんだったっけ。これと同じものを一本頼むよ！」

「はい。承知いたしました。日高様」

だが、アルフレッドが見せた機転に歓喜し、笑顔を見せたのは、日高夫妻だけではなかった。

新たなオーダーを耳にした周囲のテーブル客たちからも、次々と同様のオーダーがかかり、アルフレッドやＳＰたちにプレゼントされていく。

さすがに、誰も彼もが倶楽部貴賓館の会員だ。響也たちが缶コーヒーでも奢り合うような感覚で、高価なシャンパンを振る舞い合う。

（想定外のドンペリ祭りになってきた。普通に考えて、これだけでツアー一泊分くらいの売り上げになるんじゃないか？　しかも、今の流れで、過度な指導はただのいびりだ、猿山の猿だと認定された。いびり目的で来た会員たちには、ものすごい牽制になる）

響也は再びシャンパンを手に、日高夫妻のテーブルへ戻った。

（でも、これでいいのかな？　確かに悪いのは、わざと絡んでいった彼らだけど――）

すでに食事も運ばれ始めているだけに、周りの配膳状況も気になるところだ。

「素晴らしいご意見だったわ。なんて素敵な紳士。さすがは、倶楽部貴賓館の会員さんね。それに、こういう方とお知り合いにもなれるから、私ホテル主催のパーティーとか、こうした企画ツアーが大好きなの！　ああ、なんて素敵なのかしら」

「ふむふむ。世の中、まだまだ捨てたものではないと、この年になっても安堵し、嬉しいものだな」

「こんなおばあちゃんでよければ、あとで一緒に踊ってくださらない？」

「ご主人が許してくださるなら、ぜひとも。ただ、その前に――」

日高夫妻との会話を弾ませつつも、アルフレッドが会話を止めた。

不意に逸らした視線の先には、今し方出ていったばかりの峰元夫妻。

中尾やＳＰたちに促されるようにして戻ってきた。

先ほど見せた勢いはなく、すっかり顔色を悪くし、怯(おび)えているのがわかる。

だが、そんな彼らを招き寄せると、アルフレッドは席を立って声を発した。

「お食事の手を止めるようで、申し訳ありません。皆様には、今一度俺からお詫びをさせてください。実は、今の騒ぎは、こちらのご夫婦にご協力をいただき、わざとあのような講習生いじめをしていただきました」

「！」

「!?」

この説明には、響也を始めとするこの場にいた者たちが、全員驚く。

峰元夫妻もそれは同じだ。

「指導がいきすぎると、今夜のように場を壊してしまったり。また、希望を持ってこうした仕事に就いた者たちの心を折ってしまいかねません。善意の講習指導とはいえ、それでは本末転倒です。しかし、指導に熱が入れば入るほど、周りも自分も見えなくなってしまうものです。ただ、こうして客観的に見ていただければ、どこまでが指導やアドバイスで、それを超えたらどうなるのかが、わかりやすいと思いまして」

場内の注目が集まる中、アルフレッドはなおも滔々と語った。

「――とはいえ。あえて自身が悪者になってワインを被ったり、講習生の膝を折ってくださったり。俺に罵倒されてくださったご夫婦には申し訳ないかぎりです。本当に名演技でした。ご協力いただきまして、ありがとうございます」

綺麗なお辞儀とともに、新しいグラスを峰元夫妻に差し出し、シャンパンを注ぐ。

「……いっ、いえ。お役に立てて、何よりです」

「奥様のドレスは、お約束どおり俺がプレゼントさせていただきますので。どうか、旦那様から許可をいただき、のちほど一曲踊ってくだささい」

「は……、い」

すべてがアルフレッドの独断だ。

峰元夫妻は、意気揚々とこの場で騒ぎを起こしたことから、利用されたにすぎない。

それは、響也でなくとも、わかるだろう。

だが、こうしたアルフレッドのフォローがなければ、彼らは下船するまで針のむしろ状態になりかねない。今夜が初日だけに、場合によってはすぐにも下船するか、最終日まで部屋に引き籠もってしまうことも考えられる。

本を正せば彼らが悪いとしても、いきすぎた制裁をすれば、その瞬間に立場は逆転してしまう。アルフレッドに周りを賛同させる魅力があるために、弱い者いじめの首謀者にもなりかねないからだ。

しかし、これは響也がもっとも望んでいないところだ。

たとえアルフレッド自身が、何を言われ、思われたところで、まったく気にしないとわかっていても——。

「……!?」

立ち尽くす響也の肩がポンと叩かれた。

振り返ると、中尾が耳元で囁きかける。

「彼は、落として上げる天才だな。けど、これだけ派手に、講習生いびりは猿のすることだと印象づけられたら、普通の神経の持ち主ならもうできない。あの夫婦にしても、下船するまでは、彼の顔色を窺い続けることになるだろうし。首に鈴をつけられた猫みたいなものだ」

彼には先ほど、ラフィーウ・マンスールがアルフレッド・アダムスであることは打ち明けていた。また、彼がここに乗船した経緯や、この場にい続ける理由も簡単にだが説明している。

そんな中尾だけに、ＳＰたちとともに追いかけたことで、この成り行きを理解したのだろう。

中尾が意味深な笑みを浮かべた。

「ただ、勢いとはいえ、響也を罵倒した上に、危うく殴りかけたんだ。本当なら、あのまま船から放り出されても不思議はないが。そこは、相手が響也で命拾いしたよな」

「俺？」

「そう。夫婦をとっ捕まえたＳＰがこっそり教えてくれたよ。どんなに相手が悪党でも、懲らしめすぎると、響也の気持ちが沈んでしまう。適当なところで妥協をしておかないと、自分のほうがやりすぎたら本末転倒だからって、お考えなんだろうってさ」

そして最後には、「愛されてるな。相変わらず」と伝えて、すぐに仕事に戻っていった。

響也はそれだけでも、嬉しいやら、ドキリとするやらで大変だったが、一度は自分を下船させようとしたアルフレッドが、自らの判断でここまでしてくれたのだ。

（——よし！　俺も頑張らなきゃ‼）

響也は改めて両手に拳を作った。

まずは最初の難関だったディナータイムを全力でクリアした。

6

ＳＳＰＳプランのトライアルレッスンは、初日から波乱の幕開けとなったが、それでもアルフレッドが仕掛けたディナーでの一件が効いてか、翌日からは誰の目から見ても言いがかりだろう、ただのいびりだろうという乗客の指導は目にしなくなった。

また、響也と中尾が中心となり、講習生同士で連絡網を設けて、情報交換やサービスに関する相談を受けていたが、そこで知るような乗客からのアドバイスも、受けた側がネガティブになることがない程度。むしろ、これは乗客側が遠慮して、かなり言葉を選んだなと感じたものに関しては、響也や中尾が直接注意を促した。

もちろん、その注意には一つ一つ意味があり、言われた側も至極当然のこととして、納得ができるものばかりだ。こうなれば、もともと仕事に対して真摯で、素直な姿勢で、ここでの学びを自社へ持ち帰ろうとしていた者たちだけに、サービスに対する理解も早い。

技術に関しては、習得に個人差が出てしまうのは仕方がないが、それでも披露宴などの配膳で見せるようなプレゼンテーションつきの持ち回りがあるわけではないので、初日にどうしてあれだけのミスをしてしまったのか、どうすればそうしたことを回避できるのかを気をつけていくうちに、焦りなどの感情的なことから起こるミスは激減していった。

また、持ち前の不器用さに関しては練習量で克服するしかないのだが、そういう者ほど、自身のキャパを超えた作業をしがちだということもわかってきた。

なので、今だけは講習だという事実に甘えて、まずは自分が粗相をしない配膳量がどの程度なのか。それを知るところから始めて、徐々にできることを増やしていけばいい――ということを徹底してもらった。

当然、そのことから発生する穴埋めは、響也や中尾が率先して引き受けた。

文句一つ、愚痴一つこぼすことなく――だ。

しかも、苦戦する講習生たちに、僅かでもできることが増えたり、本人でも気がつかないような成長を見つけたりすると、響也は手放しで褒めるだけでなく、日高たちのような乗客にもそのことを逐一報告して、一緒に喜んでもらうということを徹底した。

これればかりは、響也のような、孫キャラだからこそできることだったが、純粋に応援にきている会員たちには評判がよかった。逆を言えば、響也や中尾がこれだけのことをしているのに、指導役の社員は何をしているのだという話も出始めたが、それさえ響也は――、

「そこは、俺がバイトリーダーとして。中尾さんが管理職として任されるという設定での講習実践だから、あえて黙っていてくださるんです。言いたいこともたくさんあるだろうに、本当に我慢してくれていることなので、わかっていただけると嬉しいです」

――などと言って、乗客が社員に悪印象を持たないように、徹底的に気を配った。

その一方で、講習生と乗客のやり取りは、見て見ぬふりに徹するように教えこまれているとしか思えない接客担当の社員の気分をも、害さないよう気を遣いまくった。

「いつも見守ってくださって、心強いです」

「任せてもらっているようで、励みになります」

「今となっては、奥田支配人と須崎教官が与えてくれたバイトリーダーの称号に感謝してます！　そうでなかったら、みんな俺の言うことなんて、聞いてくれなかっただろうし。本当にありがとうございます！」

アルフレッドや中尾からすれば、そこまでするか⁉　という徹底ぶりだったが。

こうなったら、味方にならなくても、敵にはしたくないから、ご機嫌だけは取っておく——を貫くのが香山響也だ。

しかも、最初は「そんな取ってつけたようなおべっかを」と眉を顰めた社員も、常に同じテンションで接し、懐き、ときには「これをお願いしていいですか？」と甘えられたりもするので、三日もたてば「ああ。この子は、本当にこういう子なんだな。誰に対しても同じで、おべっかでもなんでもないんだ」と納得をする。

だが、ここまでくれば、もはや響也の思うがままだ。

誰に対しても同じく、平等に接するからこそ、そこからちょっと進展して近しくなりたいと思った者は、自然と協力的になってくれる。

その典型なのが、小坂であり、須崎であり、またバレーヌだった。

特にバレーヌは、頑張る自分を褒めてもらうのが大好きというのを、まったく隠さないタイプなので。ちょくちょく響也に話しかけては、講習生たちに言ってほしいことはないか聞いてくるし、お願いするとすぐに実行してくれた。

「バレーヌさん、ありがとうございます。小坂さん、バレーヌさんから〝初日と比べて対応が素晴らしくよくなったね〟って言われたって、本当に嬉しそうです。なんだか自信もついてきたって、日報にも書いてましたよ」

「そう。それはよかった。で、次は？」

「中尾さんを労っていただけると嬉しいです。本当にほかの人の三倍は動いているので。やっぱりお客様に喜んでもらえているってわかるのが、一番の励みになるので」

当然、響也も手放しで感謝を伝えるので、二人の関係は良好だ。

「了解！　というか、僕個人としては響也くんを一番に労いたいんだけどな～。どお？　講習が終わったら、改めて食事でも」

「ありがとうございます！　そしたら、恋人も連れていっていいですか！　ここのところ、ずっと構えていないので、ご機嫌取りしないといけなくて～」

「……あ、そう。それは……、なかなか大変だね。でも、そしたら、お食事券をプレゼントするから、二人で行ってくるといいよ。僕は中尾さんを労いにいってくるね」

「わーい！　バレーヌさん、太っ腹！　では、中尾さんをお願いします！」

バレーヌに下心があることは誰の目にも明らかだったが、それでも響也は、まったくものともせずにこんな調子だった。

その一方で、さすがにこれには、偶然見ていたアルフレッドも同情を覚えた。

（これで本当に食事券をもらったら、私を誘うんだろうか？　それにしても、天然に見えて実は計算高いところがあるよね、響也は。その点では、響一のほうが天然だ。なんてことを言ったら、またふて腐れるだろうから、これに関しては墓場まで持っていくけど）

それでも、こうなったところでバレーヌが響也に対し、どこまでも協力的なお客様を貫くだろうことは見て取れたので、いびり客の牽制かつ船内秩序の維持は、彼に任せることにした。

アルフレッド自身は、いつから貴賓館にこのおかしな講習システムが出来上がったのか、またきっかけや経緯がなんだったのか、そこからどうしてＳＳＰＳプランのような公的なものと繋がったのかなどを、一度徹底的に調べる時間が欲しかったのだ。

（なんにしても、こうと決めたことを徹底し続け、姿勢を崩すことがないのは、響也の芯の強さであり忍耐力のたまものだな。サービスに対する信念かつ執念でもあり、もっとも和を大事にしている表れだ。だが、だからこそ、これ以上の心労は与えたくない――、ん？）

アルフレッドは、響也の仕事の邪魔をしないという目的もあったが、プレジデンシャルスイートの一室に引き籠もり、ノートパソコンに向かうことが多くなっていた。

（――これは、奥田と須崎。……ほう、なるほどね）

ただ、船内の様子が気になっていたのは確かなので、自分の目となり耳となるＳＰたちを常に船内へ配置。その上で、防犯カメラが捉える様子も観察していた。


慌ただしくも、作業がルーティン化していく中、マリンヴィラ号は七日目の朝を迎えた。

「嘘みたいだな。もう、七日目だよ」

「三交代だから多少は遊ぶ暇もあるかなと思ったけど。結局、七階全般の仕事と十一階のラウンジでウエイター仕事。ルームサービスへの応援要請が入れば、客室との往復。自室でも自習か寝るだけで、あとは一日三回社員食堂へ？　グルグル回るうちに、今日になった気がするよな」

日ごとに環境や仕事に馴染んできた講習生たちが、口々に今日までのことを振り返っている。足を止めることなく動き回る響也の耳にも、それとなく入ってきた。

「俺たちの倍以上、グルグルしている響也や中尾さんを見ていたら、愚痴は言えないけどな」

「本当。でも、講習なんて大げさなこと言ったって、単にオーダー取って、ドリンクや料理を運ぶだけだろうとか思っていたのが、最初のディナーで崩壊したからな。まさか、水一杯運ぶだけでも、自分みたいな素人とは、何もかもが違うっていうのを見せられて、理屈抜きに納得させられるとは思わなかった」

「まさに、俺も同じ。どんな職業にもプロ中のプロっているってことだよな。痛感したよ」

そもそも出張とはいえ、勤め先の意向だけで縁もゆかりもなかった配膳サービス講習に送りこまれた上に、帰社したところで、習ったことをするともかぎらない彼らだ。

そう考えれば、持ち前の熱心さだけで選ばれてきたのかもしれないが、響也は彼らが「たかが配膳、されど配膳」を理解し、少しでも高みを目指して奮闘してくれたことは、心から嬉しかった。これこそ、三交代勤務だというのに、彼らのフォローのために毎日二交代分は仕事に出た甲斐もあったというものだ。

少なからず、この一週間で身についたサービス精神、接客に対する心構えは、どんな仕事に戻るにしても、今後の対人関係を円滑にするのに役立つ。仮にレストラン・バーなどの配膳担当部署へ異動になっても、それなりにはこなせるはずだ。

やる気のある者が、本気で一週間集中して学べば、ある程度の結果はついてくる。

ただ、そう考えれば、仮に倶楽部貴賓館が〝習うより慣れろ〟でいきなり現場に新人を投入したところで、最初に上司や先輩たちがつきっきりで事細かく見て、指導をしていけば、そこまで客側に何か言わせるようなことにはならないだろうということだ。

〝指導したい客にさせればいい〟と前提にあるから教育を怠るし、新人本人も仕事覚えに時間がかかり、余計ないびりを受けることにも繋がるのだ。

なぜなら、響也は研修生と同時に須崎たち社員の様子も見てきたが、彼ら個々の接客には、問題は感じなかった。高い語学力を持ち合わせていることまで考えれば、優秀なくらいだった。

ただし、そんな彼ら自身が会員客たちに育てられて、また時間をかけてここまでになったというなら、どうしようもない。

上から教えられていないから、下への教え方を知らないのか――と、判断せざるを得ない。

響也が越智からの依頼に応えて報告をまとめるなら、SSPSプランの講習会場及び指導員としては倶楽部貴賓館東京は不適格、不合格だ。これに関しては、最初に貴賓館へ抱いていた個人的な悪感情は抜きにしても、そういう判断にしかならない。

(――初めから抱いていた危惧どおりの結果だ。でも、火野坂部長の判断を覆し、改めて講習先を選択、依頼を検討するには、このトライアルレッスンの実行と、俺みたいな審判の参加が必要だったんだろうな)

乗船から今日までの間、自分にできることはすべてやった上での結論だ。

しかし、こうなると下船してからも、響也は判定者としてこの件に決着がつくまで、かかわることになるだろう。越智がどこまでこの状況を想定し、火野坂部長の決定を覆すための策を講じているのかはわからないが、ある程度力を持った者の後押しは不可欠だ。

ただ、それを考えると、仕事で身体がしんどい以上に気持ちがしんどい。

響也は、僅かな休憩時間にリセットを図ろうと、十二階屋上まで出た。

ゲームコーナーに置かれたドリップ方式の自販機でホットコーヒーを買うと、淹れたてのそれを持ってサンデッキへ向かう。

「――!? 船長? こんなところで、何をしてるんですか」

すると響也は、デッキ掃除をしていた直田を見つけて、声をかけた。

「おお、響也くんか。身体がなまるので、運動代わりにと思ってな」

直田はサンデッキを囲う手すりを、愛しそうに撫でている。

「船が、お好きなんですね」

「まあ、私はホテルマンではなく、船乗りだからな」

自然と漏れ出た自身の言葉に、直田が笑う。これはこれで重い言葉のように思えた。

ほぼ航海をせず停泊している時間が長いマリンヴィラ号は、支配人の奥田が全権を持って仕切っているように見えたからだ。

ただし、一部の時間を除いて――だが。

「おっと。そろそろ遊覧に出る時刻だな」

それは、この七日のうちに、四回ほどあった遊覧時間だ。

マリンヴィラ号内の社員ルールや上下関係が、実際どうなっているのかはわからない。

だが、船が動いているときだけは、間違いなくトップは彼だ。

それだけの重責を負うということだろうが、直田の表情は生き生きとしている。

「楽しみです！　俺、ずっと遊覧時間中は仕事だったので。こうして動く時間に休憩って、今日が初めてで」

「そうかそうか。では、張りきってまわるとするか」

「よろしくお願いします！」

響也は、操縦室へ向かう彼を見送りながら、改めて視界に広がるパノラマの海と空を見た。

（贅沢なコーヒータイム！）

こんなにゆっくりと一息つくのは、乗船以来初めてだ。

しばらくすると船内アナウンスが響くとともに、錨を上げたマリンヴィラ号がコンテナふ頭を離れて、遊覧へ出る。コースは東京湾から相模湾などをまわることが多い。

「天気もよくて、潮風が気持ちいい――。いや、さすがに動き始めたら寒いかっ」

しかし、忘れてはならない、今は一月だ。近年、温暖化とはいえ、潮風は別ものだ。海上を走行となったら、一気に震えそうな肌寒さになる。

これは駄目だと自分を抱いて、響也は踵を返した。

「コートになりましょうか？　私の王子様」

「――アルフレッド」

すると、今ではすっかり見慣れたアラブ衣装に身を包んだアルフレッドが立っていた。

「え？　どうしたの。まさかゲームでもしにきたの？」

「いや、珍しく一人でのんびりしているのが見えたから、これはチャンスだと思って」

驚きつつも小声になる響也に、アルフレッドがクスリと笑う。チラリと目配せをしたトップラウンジ、ゲームコーナーの屋根には防犯カメラが設置されている。

「え!? あれで見てたってことは、まさかハッキン……!」

「しー。内緒。いつどこで、いびり会員が張りきりだすかわからないだろう。だから、監視用に船内通信にアクセスさせてもらっただけだよ。神に誓って悪用はしていない。警備部と情報共有をしている程度だから」

「でも、そしたら、俺たちが一緒にいるのも見られちゃうんじゃ?」

「そこはSPが操作してる。十五分だけ、響也が一人でいる画像と差し替えている」

「あーあー。SPさんも大変だね。でも、あとで御礼しなきゃ」

実際は十五分もないだろうが、響也は思いがけないデートタイムができたことに、頬を紅潮させた。が、こうなると、吹きすさぶ冬の潮風さえも、二人が距離を縮めるための言い訳だ。

響也は、アルフレッドが羽織っていた厚手のベシュトの中へ誘導されると、スッポリ収まる。

(あったかい)

サンデッキの先端に立っているので、こうしているぶんには、仮に防犯カメラが正常に作動をしても、映るのはアルフレッドの後ろ姿だけだ。

「タイタニックごっこ——は、縁起が悪いから、やめておこうね」

「確かに。万が一にもクジラの潜水艦が迎えにきた日には、洒落にならないからね」

「ハビブの親戚のラフィーウがここに乗っているってだけで、いつ現れても不思議がないしね」

潮風に煽られながら、他愛のない会話を楽しむ。本当なら、ここのところ自室に引き籠もっているアルフレッドが何をして過ごしているのか気になっていた。

しかし、今はそれを聞くより「下船したらデートだよ」などの話を優先したかった。

手中のコーヒーが冷めても、響也の心身は秒を増すごとに火照っていく。

「……あ」

しかし、そんな響也の頬に、ぽつりぽつりと水滴が当たった。

急に雲行きが怪しくなってきたかと思うと、音を立てて雨が降り始めたのだ。

「中へ入ろう」

アルフレッドが響也の肩を抱いて、振り向くと同時に、軽くこめかみにキスをする。

「うん」

響也は大きく頷くと、アルフレッドとともにサンデッキからとゲームコーナーへ走った。

そのまま足を止めることなく、エレベーターに乗りこむ。

休憩時間も終わりに近かったこともあり、響也は十階で降りたアルフレッドを見送り、自身は七階で降りて、メインダイニングへ向かった。

(ほんの少しだったけど、ラッキーだったな。とはいえ、この雨はすぐにやむのかな?)

エレベーターホールとメインダイニングを繋ぐプロムナードからは、降りしきる雨のために急に薄暗くなった空が目につき、響也の不安を煽った。

乗船からこの瞬間まで、天候には恵まれてきたが、心なしか波も高くなっている気がしたのだ。

(——なんか、ざわついてる?)

だが、そんな外の天候よりも、大きく響也の胸をざわつかせたのは、メインダイニングへ足を踏み入れたときの空気感だった。

「どういうことなんだよ！　俺たちをスケープゴートにでもするつもりだったのか！」

「——いや、待て。落ち着けって」

「これが落ち着けるか！　ふざけるな‼」

いきなり耳に入ってきたのは、須崎に食ってかかる小坂や講習生たちの声だった。

「意味がわからないわ。いびりが暗黙の了解だなんて。どういうことなの？」

「こうなったら支配人を、船長を呼べ！　きちんと説明してもらわなければ埒が明かない」

続けて声を大にしていたのは、日高夫妻を始めとする講習に協力的な乗客たち。

それに対して、仁王立ちやら、胸元で腕を組んでプイと顔を背けているのは、峰元夫妻を筆頭に、どちらかと言えば講習生いびりにノリノリだった乗客たちだ。

このあたりは、講習生から客室案内時の態度を聞き出しているので、だいたいの把握ができている。百二十三名のうち三十二名が乗船時からやたらに絡んできた、いびり会員だ。

さすがにアルフレッドの〝猿認定〟が効いてか、二日目以降はかなり大人しくしていたと思われるが、それにしても、どうして今になって乗客同士で対峙しているのかがわからない。

しかも、社員と講習生まで揉め始めている。

「何？　これ、どうしたの」

「あ、響也。それがさ——」

響也は様子を窺いながらも、出入り口付近に立っていた中尾に事情を訊ねた。

「は⁉　峰元夫妻に日高夫妻が？」

聞けば、ランチタイムを終えて乗客の半数がこの場で雑談を楽しんでいたときだった。

峰元夫妻と同じ目的で乗船していた客たちが、「話が違う」「全然いびれなくてつまらないったら」「これじゃあ、時間とお金の無駄」「やっぱりクレームを入れるべきよね」などと、講習生いびりができないことに文句を言っていた。

ある意味、彼らも本来の目的が果たせないまま今日まで過ごしたことで、かなりストレスが溜まっていたのだろう。これらを大声で愚痴ったことから、近くの席にいた日高夫妻たちが「今のはどういうことなの？」と問いかけた。

すると、峰元夫人がここへきて〝愛の鞭〟にかこつけた講習生いびりの話を暴露した。

そもそも、貴賓館側が〝暗黙の了解〟として許していることなのに、初日にラフィーウがしゃしゃり出てきたことから、何もできなくなった。これじゃあ、何のために高いお金を払って乗船したのかわからない――などと話し始めたことから、この事態だ。

真面目に協力してきた乗客や講習生からすれば寝耳に水だし、貴賓館東京の内定研修生にいたっては「知ってたのか⁉」と講習仲間に詰め寄られて、訳がわからなくなっていた。

しかも、小坂にいたっては、奥田の甥という立場もあり、「そんな話は聞いたことがない」と戸惑いつつも、「俺たちをいびり対象にして、客集めをしたのか！」と人一倍憤慨したのだろう。

こうなると、すべての怒りが管理職へ向かう。それでこの場にいた須崎の胸ぐらを摑み、乗客たちは奥田や直田をここへ呼べ――という事態になってしまったのだ。

「こちらです。とにかく一度皆さんと話をしてください」

「どうしたんだ。そろそろ舞踏会の準備に取りかかる時間だろう」

すると、呼びにいっていたらしい社員が、奥田をこの場に連れてきた。

騒ぎを聞きつけたのか、ほかの乗客たちもゾロゾロと現れ、中にはバレーヌもいる。

「来たか、奥田支配人。事と次第によっては、今すぐ下船をさせてもらうぞ。あなたの口から、我々が納得できるように説明をしてくれ！」

だが、乗客の一人が姿を見せた彼に詰め寄ったときだった。

突然、ピンポンパンポーンという船内アナウンスのコールサインが鳴った。

〝おくつろぎのところ、大変申し訳ございません。船長の直田です。ただいま気象庁より神奈川、東京に大雨波浪警報が発表されました。つきましては、本船マリンヴィラ号は、お客様の安全を第一に考え、このまま東京湾沖合いに停泊、待機いたします。警報解除と安全が確認されましたところで、大井コンテナふ頭もしくは竹芝客船ターミナルへと帰港します。何卒ご理解のほど、よろしくお願いいたします。繰り返します――〟

淡々と繰り返されるアナウンスに、メインダイニングが水を打ったようにシンとなる。

「これでは、降りるに降りられないってことか」

「それはそうだが、逆を言えば、納得のいくまで話が聞けるということだ」

説明を求める乗客たちの目が、これまでに見たことがないほど怒りに満ちていた。

「本当にね――」

そしてそれは、もはや引くには引けなくなっていいのだろう、峰元たちにも言えることだった。

奥田はその場で問い詰められると、開口一番「講習生相手に何を言ってもいいなどというルールは存在しない。そもそも貴賓館東京の宿泊プランに、そんな暗黙の了解はない」と言いきった。いささか強引ではあるが、そこで話を終わらせ、みんなを夕方から開催される仮装舞踏会準備へ向かわせようともした。

しかし、ここで「話が違う」と声を上げたのは、峰元たち。

当然のことだが、奥田の説明で納得をするということは、自分たちの非を認めることだ。

それ以前に、「これがなければ、わざわざこのツアーに参加していない」という、それもどうなんだという明確な参加理由があったがために、「舞踏会なんてどうでもいいから納得のいく説明をしてほしい。自分たちだけいい子になるな！」と、怒りを爆発させたのだ。

その結果、メインダイニングには、初日のディナータイムのように、乗客と接客担当社員、講習生たちの全員が集められた。

アルフレッドやSPたちも、当然最上階から下りてくる。

そうして、最初からことの経緯が説明された上で、それぞれどういう認識で、今回の講習ツアーが開かれ、また参加したのかという確認をし。その上で、奥田や須崎が改めて「愛の鞭イコール何をしてもいいという認識はない」「仮にほかの貴賓館でそういった暗黙の了解があったとしても、この貴賓館東京には存在しない」ことを、再度言いきったのだ。

ただし、この時点で峰元たちから「だが、貴賓館パリでは」「貴賓館マカオでは」などという具体的な名称が出てしまったことから、そこは改めて、パリやマカオに問い合わせるとし。自社のカタログでの売り文句が誤解を招いたのなら、当社が悪かったと謝罪した。

だが、それでも「普通は講習生をいびるつもりで乗船されるとは考えない」「我々は乗客会員を信頼していた」とも付け加えた。

普通に考えれば、それはそうだろうというもっともな正論だ。

ただ、こうなると、峰元たちだけが〝性格の悪い勘違い野郎〟だということになる。

確かに、それ自体は間違いないと、響也も思う。

しかし、だからといって一方的に峰元たちだけが悪いのか？　と聞かれたら、そうではないと思っていた。そもそも問題を起こした原因が、貴賓館側にあると響也は判断していたからだ。

「異議あり」

「――響也」

響也が挙手をすると、須崎が怪訝そうに名前を呼んできた。

その視線からは、明らかに「下手なことは言い出すなよ」という圧を覚えたが、今の響也にとっては逆効果だ。スッと呼吸を整えると、

「それならどうして、最初から講習生に社員が充分な指導をし、また、見るからに指導がいきすぎだと思われる乗客に対して、注意を促したりしないんですか？　意図的にいびりをしているお客様がいるとわかっていながら、見て見ないふりをしてきた社員さんは、一人や二人じゃないですよね？　全員ですよね？」

響也はこの一週間というよりは、パリへ出向いたときから、ずっと胸中にくすぶり続けてきたことを爆発させた。

奥田や須崎のみならず、その場にいた接客担当社員たちにも、憤りをぶつけたのだ。

「少なくとも、初日のディナーのときに注意をしたのはマンスール氏であって、ここの接客担当

社員は誰一人として何もしなかった。それは、この場にいた全員が見ていたことです。それこそ、あなた方がわざといびる乗客がいるなんて思わなかったと言うなら、俺だって、目の前で起こっているトラブルに社員が対応しないなんて、思いませんでしたよ。ビックリです。まさか、先に俺が対応したからだなんて、言いませんよね？　言い訳にもならないです」

奥田がさも正論とばかりに語るなら、響也はそれを真っ向から反論しにかかった。

すでに、響也と好意的な関係が築けていると思っていた社員たちは、驚きや衝撃から目を見開いていたが、これは響也からすれば別の話だ。

個々の人柄は否定しないが、仕事ぶりはどう見てもおかしいのだから。

「いつから、どこから始まったのか、貴賓館では新人のサービス指導をお客様の善意に丸投げをした。ただ、任せたからには、口出ししては失礼だろうとでも考えた人がいるのか、気がつけば多少きつい指導をするお客様が現れても、見て見ないふりをした。それが時とともに、沈黙を貫くのが当たり前のルールになった。多分、こんな経緯ですよね？」

そうして幾度となく想像してきた、このシステムの成り立ちについての仮説を口にした。

実際の事情はハビブが調べているようだが、今は響也の推測で語る。

「けど、そうした様子を見ていたら、勘違いをするお客様が出てきても不思議はないですよね？　ここでの初日の件も、止められていなければそうです。常識や性善説を言い訳にするのは構いませんが、誤解を与えないように動くのも接客する側の仕事でしょう？」

誰にも悪意はなかった。すべてが善意から始まったこととした上で、だがそれでも間違いは間違いだと言い放つ。

「あと、これは個人的な意見になりますが。俺がこの貴賓館を見てきて、一番腹が立ったのは、人材を育てる上で、もっとも嫌なことを大切なお客様にさせていること。また、その自覚があなた方にないことです。指導と言えば聞こえはいいかもしれないですが、本来注意するとか叱るとかっていうのは、負の感情です。何が楽しくて、お金を払ってまで、お客様が気分を害さなければいけないんですか？　どうしてそのことに、社員であるあなた方が気がつかないのか。そこを理解していないから、不要な誤解や勘違いを生むんだと思います」

響也は奥田や須崎を始めとする社員たちに、そもそもサービスとはなんたるかを根底から問いかけた。

「もっとも、この倶楽部施設の運営は委託業務らしいので、職員からすると会員客は全員オーナーであり社長のようなもの。力関係から口を噤むしかなかったというなら、倶楽部の成り立ちから考え直す必要があるんだと思いますが。俺からは以上です」

それでも、この倶楽部貴賓館での接客意識が、一般的なホテルでのそれとは、どうしても違ってしまうことは響也にも理解ができた。

自分はどこまでいっても、派遣の人間だ。赤坂プレジデントへ行こうが、貴賓館東京に来ようが、立場に変わりはないのでマイペースを保てる。そこは、講習生たちも大差がないだろう。

だが、社員や小坂のような内定講習生となったら話は別だ。それこそ最初の社員教育として、お客様は大なり小なり当施設の経営陣かつ出資者だと習うだろう。これは「神様だ」と言われるよりも、生々しくて厄介だ。無意識のうちに萎縮しても仕方がないし、それが見て見ぬふりを助長したことは否めないだろう——とも思っている。

「……っ」

しかし、こうした響也の意見は、奥田や峰元たちだけではなく、日高たちにも動揺を与えた。

言われるまでもなく、ほかのホテルとは違う関係図がこの倶楽部にはある。

だからこそ、社員たちが愛おしくて――と言う者たちもいるが、当の社員たちからすれば、客はもっとも甘えることのできない立場の相手だ。

かといって、ここで日高たちのような優良会員が変に気を遣っては、倶楽部の存在意義が怪しくなってくる。誰もが楽しむために集っているのだ。余計な心労を増やすために、会員を続けているわけではない。

「俺からもいいか」

――と、ここでアルフレッドが手を挙げた。

ハビブの会員権を借りてきているとはいえ、奥田や須崎たちからすれば、もっとも発言権を持ったオーナー会員でありＶＩＰ客だ。

いっそう緊張が高まり、自然と姿勢が正される。

「そもそもこの倶楽部貴賓館には、入会条件の中に〝紳士淑女であること〟とある。どれだけ会員権を持っているだの、オーナーだ、ＶＩＰだのという以前に、他人をいびって喜ぶような奴らに、会員の資格があるかと言えば、ないの一言だ。この入会条件に基づいて、会員を定期的に整理していけば、こうしたバカなトラブルは起こらない」

響也が社員に対して意見したのとは反対に、アルフレッドは会員について意見を発した。これを聞いた峰元たちは、一瞬にして顔色を悪くし、逆に日高たちは「あ……」と、何か思い出したように顔を見合わせる。

「おそらく、今在るすべての施設を運営していく資金を捻出するために、こうした問題に目を瞑っているんだろうが。逆を言えば、質の悪い会員を残しておくから、優良な会員が辞めていくんだと、考えを改めるべきだ」

峰元夫妻を一度は落として救ったアルフレッドだったが、本来ならば一度だって救わない。それをしたのは、あくまでも響也が胸を痛めることを危惧したからで、それにもかかわらずまたこの騒ぎだ。これだけでも叩き落とすに値するのに、本人たちに反省も改善も見られないのだから、容赦はいらないだろうという口ぶりだ。

しかもその一方で、施設運営に対しても一石を投じる。ここは彼自身が経営者であり、必要な判断をするときには、いっさいのブレがないからだろう。

響也は自然と身を乗り出して、話に耳を傾ける。

「居心地のいい空間を維持してくれるなら、金を惜しまないＶＩＰはいくらでもいる。もともとクラブ活動の延長みたいな施設だ。いわば、共同別荘だ。会員たちは、ホテル経営で金儲けをしたいわけじゃないんだから、こうした成り立ちにそぐわない者たちを無理して守る必要はどこにもない。それは各施設も同じことだろう」

そうして響也は話の流れから、ふっとここへ来る前に響一と話したことを思い起こした。

確かに、基本は共同別荘感覚で出資しているのは、ハビブやバレーヌを見てもわかる。

いわば道楽であって、ここに商売根性を持ちこんだのは、運営を任された側だろう。

だが、そのために本来あったはずの秩序や雰囲気が守られなくなってしまっては、意味がない。

最優先事項を見誤るから、こういうことになるのだろうが、響也からするとこれもまた根っからのセレブと勤め人との感覚差だ。

それでもホテルはホテルだ。

委託だろうがなんだろうが、サービスにおいての最優先事項をしっかり守れば、ここまでおかしいことにはならないとは思うので、同情はしない。

「一定の品質、一定のサービス。どんなことでも一定のレベルを維持するには、それに満たないものを切り捨てる判断と決断がいる。だが、会員同士のことならオーナーたちが今一度集って話し合えばいいことだし。施設に勤める者たちが一定レベルの職場を維持したいなら、まずは自分がそのサービスが提供できるホテルマン、サービスマンになればいいだけだ」

ただ、それでもアルフレッドが、こうして明確に役割を分けてくれたことで、この問題はそれぞれの立場で解決すればいいという結論に達した。

ある意味、運営を委託する側にも責任はあるし、また受ける側にも責任はあるが、これを同列で語ったところで埒が明かないだけだというのが、わかりやすい答えだ。

「――ちなみに、ここに集っている会員なら、俺の言ったことの意味がわかるはずだ。自身を省みたときに、会員としての資格があるのか、ないのかもな」

そうして、最後にアルフレッドが付け加えた言葉が、峰元たちを俯かせたところで、この話は終わった。

だが、だからといって、予定どおりに「さあ、これから仮装舞踏会を」とはならない。

その後乗客たちは、誰もが自室に籠もることを選び、あとは天候の回復と下船を待つだけとなった。

奥田や須崎たち社員も、これからどうしたものかとうなだれるばかりだ。

「シェフ。パーティー用に準備していた料理って、ルームサービス用の皿盛りにできますか?」

そんな中でも、響也はすぐに行動に出た。

「ああ。できるよ。これから準備するから、お客様に届けてくれると有り難い」

「はい!」

メインダイニングと隣接しているギャレー(キッチン)にて、一連の騒動から説明までを聞いていたシェフは、すぐに響也の意図を理解し、作業にあたってくれた。

「中尾さん。みんなも、お客様たちへの配膳を手伝って」

「おう」

「あ、ああ!」

だが、こうなれば、ほかの者たちにもこれからやるべきことが見えてくる。

むしろ、この状況からでも、やれることができたことが嬉しいようで笑みさえ浮かんだ。

(——きっとこの笑顔が、多少なりともお客様にかかった雲を晴らしてくれるはず。それにここの料理は、どれもこれも美味しいし!)

響也はそう信じて、各部屋への配膳の手配をしていった。

「そしたら、峰元夫妻たちが集まっている九階の一角へは俺が行こう」

「須崎教官」

「俺も行きます」

「小坂さん」

何が正しく、何が正解なのかは、時としてその人それぞれによるものだ。

ただ、ここに集った者たちは、響也の仕事をよしとした。

ここに自分の一定レベルを目指して、向上していきたいと思うようになっていた。

＊＊＊

翌日。明け方には天候が落ち着き、冬晴れの空を確認できたことで、マリンヴィラ号はそのまま竹芝客船ターミナルへ帰港した。

すでに八日目。波乱の幕開け、幕切れとなったが、ツアー日程としては予定どおりだ。

「ありがとうございました」

「――ふんっ」

「またのご乗船をお待ちしております」

「こちらこそ、ありがとう」

気まずそうに離れていく者もいれば、清々しい笑顔でタラップを下りていく者もいる。

今後会員たちが、個々の判断により、どういう決断をしていくのかはわからない。

だが、響也は誰をも同じ笑顔で見送った。

「響也くん。あなた方も荷物をまとめたら、私たちのあとを追ってきてね」

「？」

日高夫妻は春を先取りしたかのような笑顔だった。

意味がわからず、響也は僅かに首を傾げる。

すると、背後からポンと肩を叩く須崎、そして小坂が「実は」と説明をしてくれた。

「――お客様たちの発案で、仮装舞踏会つきの立食パーティー？　しかも、そこで講習生たちの終了式及びお疲れ会をしてくれることになったんですか⁉　それも赤坂プレジデントで⁉」

「なんでも、響也が率先して頑張ってくれたルームサービスのおかげで、気分を持ち直したそうだ。そうなると、中止になった仮装舞踏会にも未練が出てきたらしく、昨夜のうちに親しくなっていた会員同士で声をかけ合い、マンスール様の部屋に集まり、企画をまとめたらしい。また、船長や奥田支配人の賛同も得ているから、社員たちもそのつもりで朝から動いていた」

須崎が心なしか安堵したように見えるが、響也からすれば寝耳に水だ。

昨夜はこれまでのこともあり、ベッドに入るも、すぐには寝つけずにアルフレッドとメールのやり取りをしていた。

〝大丈夫。乗船中の出来事は逐一ハビブに報告をしているし、彼も各国の倶楽部貴賓館オーナー会員たちに呼びかけて、問題の確認やその解決に動いている。昨夜の私の意見は、彼の同意を得た上でのものだし、少なくとも下船後に響也が気に病むようなことにはならない。それこそ中津川の後輩を含めて、誰もが安堵できる形には持っていくから〟

響也の不安を取り除く言葉を送ってくれたが、それにしても、こうした会員側からの配慮と行動は想定外だ。何より心から楽しんで準備してくれたのが伝わってくるのが嬉しい。

「主な発起人は日高夫妻。そこへ、相談を受けたバレーヌ氏とマンスール氏が加わり、中尾さん経由で急遽赤坂プレジデントの宴会場を予約。おかげで赤坂プレジデントのキッチンは、昨夜からすごいことになっているらしいが、いい意味で盛り上がっているって話らしい」

「うわっ。そうなんだ。たまたま宴会場が空いてたんだろうけど、それはすごいね」

さすがにキッチン関係は、中尾が料理長たちに泣きついたのだろうが、それにしても思い立ったが吉日の規模が大きい。伊達にセレブの集団ではないし、これを受けたホテル側もすごい。

「本当にな。けど、そういうことだから、送賓が済んだら全員下船の準備ってことで」

「はい」

それでもこの話を耳にした講習生や接客社員たちの笑顔を見ると、響也は「もう一踏ん張りするか」となった。

何をどうしたところで、自分には香山配膳からの派遣人としての職務をまっとうするしかない。

それこそが響也の仕事であり、誇りとするサービスなのだから。


乗客たちを送賓した講習生が、彼らのあとを追って赤坂プレジデントへ到着したのは、正午過ぎのことだった。

パーティー開始は夕方の五時。先に到着していた乗客たちは、急遽取った部屋にチェックインをし、個々に仮装舞踏会の支度に勤しんでいる。

また、講習生たちにも休憩室代わりの小宴会場に貸衣装が手配されていたが、誰からともなく「修了式も兼ねているし、マリンヴィラ号の制服でいいんじゃないかな」「すでに仮装に近いしな」

といった意見が出たことから、制服姿での参加となった。

そのため、私服に着替えるのはパーティー終了後。講習生の中で着替えをするのは、中尾と響也だけということになった。

さすがに中尾は自分の職場であの制服は着たくなかったし、大宴会場の使用を取りつけた段階で、もうこちらの宴会部の課長だ。到着と同時に、パーティーを仕切るべく黒服に着替えた。

そして響也はと言えば、そんな中尾を手伝うことを前提に、またバイトリーダーとしての講習指導仕上げを行うために、もともと持参していた黒服に着替えて、休憩中の彼らの前へ出た。

「え――、響也⁉」

ガラリと印象の変わった響也に、小坂たちがいっせいにどよめいたことは言うまでもない。中には「馬子にも衣装」などと言った不届き者がいたが、そこは怒ることなく聞き流した。

代わりに休憩時間を没収し、笑顔で彼らを立たせると、準備中の大宴会場へと誘導する。

「そうだ。せっかくだからダンスパネルの説明もしますね」

「ダンスパネル？」

「そう。ここにはマリンヴィラ号みたいに専用のダンスフロアがあるわけじゃないので。今日みたいなときには、絨毯敷きのパーティー兼競技会用のダンスパネルをセットしているんです。ちなみにこのホテルのタイルはレンタルじゃないから、セットアップも宴会部です」

見知った赤坂プレジデントの社員たちに目配せで許可を取りつつ、宴会場の中央にセットされたダンスパネルに、実際触れつつ説明をする。

「――ってことは、レンタルのところだと、業者が設置までしてくれるってことか」

「そこは料金別で選択です。ただ、通常の披露宴や宴会と比較して、ダンスパーティー利用のオーダーは少ないですから、ここは経営サイドの考え方一つです。パネルの保管にも場所を取るし、レンタル契約のほうが得と考えるか。もしくは、自前で揃えてセットまですることで、ダンス教室の発表会などをターゲットに、安価なプランを提供して顧客を確保するか」

「そっか。なるほどな――」

さらりと営業企画にまで触れている響也に、単純に感心してみせるのは講習生たちだけ。

これらの様子を見ていた中尾の上司や部下からすれば、「これだけの人をちょっと慣れた程度のバイト扱いしたのか」と頭を抱えると同時に「貴賓館は反面教師にしよう」とうなだれるばかりだ。

ここでも講習生たちに同行していた須崎は、後悔と反省しかない。

すでに初日の時点で、響也が正規に派遣されてきた指導員だと気づいていながら、そのままにしてしまった。響也自身がそれでよしとしたとはいえ、その結果、貴賓館東京での教官や指導正社員といった肩書きは無意味なものになった。響也自身が「バイトリーダーとしての講習なんです」と笑って言い続けてくれたから体面だけは保っていたが、その薄っぺらさを誰より痛感しているのは須崎であり、接客担当社員たちであり、支配人の奥田だ。

しかも、その奥田がこの場へ現れると、隣にはつい先ほど「実はラフィーウ・マンスールは仮の名で――」と打ち明けたアルフレッド・アダムスがいた。

そこから、しばらく二人きりで話がしたいと別室に移動していたが、奥田の顔色を見るかぎり、いい話ではなかったのだろう。それは、須崎の目にも明らかだ。

「響也、ちょっと」

また、奥田とは対照的な笑みを浮かべるアルフレッドは、響也を名指しにして手招きをした。

呼ばれた響也は、講習生たちを須崎に任せて、アルフレッドについて大宴会場をあとにする。

「どうしたの？」

「君の分の着替えも用意したから、今のうちにと思って」

「着替え⁉　それって仮装舞踏会用ってこと？　あ、もしかしたら、今度こそ黒服に合わせて、マントと帽子とか用意してくれたの？　それなら、中尾さんを手伝いがてら仮装もできる！」

「――あ、その考えはなかったな。申し訳ない」

「え⁉　ってことは、ガチな仮装衣装なの？」

「うーん。どうかな」

「……アルフレッド」

ちょっとした会話をしながら、二人は施設内を移動した。

赤坂プレジデントに馴染みがあるのは、響也だけではない。アルフレッドは迷うことなく客室最上階へ移動し、衣装が置かれたエグゼクティブスイートの寝室へ響也を通す。

「え――、これ！」

すると、何を着せられるのかと不安を隠せずにいた響也を待っていたのは、漆黒の燕尾服とシルバーグレーの燕尾服だった。二着揃えてベッド上に並べられていたが、サイズの違いを見れば、漆黒のほうが響也に用意された分だとわかる。

「どうせ、今夜はこのまま中尾を手伝って、また講習仲間のリーダーとして、自らも最高の接客を見せるぞってなるんだろう。かといって、今夜の私は響也以外の誰かの手を取り、踊る気はないから、そうなると普通の黒服ではもの足りないかなと思って」

アルフレッドはそう言うと同時に、響也が羽織っていた上着に手を伸ばして脱がせた。

そして、もともと白のシャツに蝶(ちょう)ネクタイ、サッシュベルトに黒ズボンという姿だったところへ、両手で燕尾服を持ち、響也に腕を通させる。

「うわ、ピッタリ。ありがとう、アルフレッド。俺、てっきりフリフリのドレスでも着せられるのかと思った」

自前でオーダーした黒服同様、響也の体型にピタリと合わせられたそれは、老舗の高級紳士服SOCIAL(ソシアル)のもの。おそらく響也の型紙に合わせてオーダーしてあったか、既製品から型紙に合わせて調整したのだろう。

いずれにしても、フィットした着心地のよさは、身体で感じる。

「そんな馬鹿な。私が愛してやまないパートナーは香山響也だよ。それも世界中に自慢できる最高のサービスマンだ。誰より黒服が似合う君に、ドレスを用意する意味がどこにあるんだ」

そこへ、こんなふうに言われたら、響也は急速に胸が高鳴り、また熱くなる。

「アルフレッド」

改めて思い返すも、彼は毎日のように「可愛い」「愛している」と口にするが、響也に女装や、そう錯覚させるような衣装の着用を望んだことは一度もない。

パリでのゴシックロリータ衣装同様、行きがかりで過去に振り袖を着用したことはあるが、そのときもアルフレッドが望んだわけではなく、着ると決めたのは響也自身だし、用意したのは圏崎と響一だ。

アルフレッドは、最初に告白をしてきたときから、生まれたままの響也を好きだと言い、ありのままの響也を望んできた。むしろ、俺はこのまま彼のお嫁さんになるんだろうか？　と考えたのは響也のほうで、アルフレッドはパートナーや伴侶という言い方をしていた。

彼の中では、愛した者が香山響也だという以外は、何も存在しないのだろう。

それこそ、性別も何も関係がなく。だから彼は誰に対しても、響也を最高のパートナーであり、サービスマンだと紹介する。

「もちろん、響也が〝もう一度着てみたいな〟って言うなら、ここのドレス室から選んでくれて構わないよ。美容師もスタンバイしてるしね」

それでも、こうした冗談や洒落はたまに言うが、響也をからかいたいだけだ。本心ではない。

響也は、こんなにも自分という存在を認めて愛してくれる彼がいることに、感謝と喜びで胸がいっぱいになる。

「もう、アルフレッドってば。そんなこと言うはずないじゃん。だって、この燕尾服は、アルフレッドが俺のために選んで、用意してくれたんだよ。こんな最高の一着、ほかにないよ」

嬉しくて、恋しくて、愛おしくて――。

そのまま長身の彼に両腕を伸ばすと、力一杯背伸びをして口づける。

「――それは、よかった」

唇を離すと、アルフレッドが満足そうに微笑む。

「そしたら、アルフレッドも早く着替えて、宴会場に戻ろう」

「了解」

こうして二人揃って着替えを終えると、響也たちは客室最上階から大宴会場へ向かった。

「ところで、さっき奥田支配人と一緒にいたけど、なんだったの？」

移動中、響也はそれとなく問いかける。チラリと見た奥田の顔つきからは、決して〝いい話〟をしたとは思えなかったが、それだけに気になっていたからだ。

「ああ。実は偽名でしたと打ち明けて、初日から騒がせてしまったことのお詫びと一緒に、響也はそもそも私のパートナーなので、これからダンスも踊りますけど、ご心配なくって伝えたんだよ。彼と須崎氏が、終始〝ラフィーウ・マンスールが香山響也を母国へ連れ去るかもしれない〟って警戒をしていたのを、防犯カメラとSPからの証言で確認していたから」

「――え、俺のこと？　意味がわからない。実は、奥田支配人が火野坂部長に賄賂を送って、SSPSプランのトライアルを誘致したのがわかったとか、そういう話なのかと思ってた」

これまで言うに言えなかったことをこっそり発すると、アルフレッドが噴き出しそうなのを堪えている。

「まあ、それもあるけどね。ただし、癒着だ賄賂だって発覚して、すでに昨日の時点でどこかへ飛ばされたのは、SSPSプランの責任者である火野坂と、彼にその役職を与えたもう少し上の人間。そこと繋がっていたのも、一部の貴賓館東京のVIP会員であって、奥田支配人を始めとする社員たちは無関係だったけど」

「そうなの⁉」

ただ、これは想定外だったことを聞き、響也の声が裏返りそうになる。

グッと堪えはしたが、自然と前のめりになる。

「ここはハビブと私、そして中津川が霞が関に散らばる友人知人を駆使して、三方向から裏を取ったから間違いない。ようは、ね――」

そう言ってアルフレッドが響也に説明してくれたのは、彼がマリンヴィラ号に乗ってから、ずっと気になっていた二点に関する調査報告だった。

まず一点目は、倶楽部貴賓館特有の、あのおかしな新人研修システムの成り立ちだ。

これは、先ほど話をした奥田からも確認したとのことだが、そもそも倶楽部貴賓館の立ち上げ時は、どこの国も景気がよいときだったので、次々と立派な施設ができた。中でも東京にできたときは、バブル全盛期。当時は一代で財を成す者も多く、また倶楽部の裾野を広げる意図から、入会金や年会費を下げたクラスを増やしたことで、一気に会員数も増した。

ただ、こうした入会者の多くは、バブル崩壊、リーマンショック、長期にわたる不景気時に退会した。ITバブルで盛り返すこともあったが、結局バブルはバブルで、時がくれば消える。

しかも、こうなると収入の根幹となる年会費が激減だ。施設を維持するのは、年々困難になっていき、人件費削減のリストラから慢性的な人手不足も起こり始めた。

〝接客のノウハウなら、我々もアドバイスをしようか？　我々は、これまで様々なホテルに滞在してきた。心地いいサービスがどういうものなのかは充分理解しているからね〟

――と、そんなときに、純然なる厚意から新入社員へのアドバイスを申し出てくれたVIP会員たちが現れた。また、彼らのアドバイスが的確かつ、彼ら自身も施設利用時の楽しみとしてくれたことで、これはいい――となり、すぐに各国の倶楽部施設で定着していった。

ただ、それがいつ一部の間で「指導にかこつければ、いくらでもいびれる」「いびって、ストレス解消ができた上に、感謝までされる」となったのかは、誰にもわからないという。

気がつけば、そうした思考に駆られた者が増えていったとしか言いようがないのだと、奥田も肩を落としていたそうだ。

アルフレッドの言葉を借りるなら、「紳士淑女ではない、会員資格のない者」が紛れていたのだろう。

それでも倶楽部貴賓館は、その国の施設ごとに工夫をし続け、現在も一定数の会員と施設を維持している。

だが、この流れからもわかるが、こうなると二点目の疑問が自然に起こる。

こんな状況で、どうにか回り続けてきた施設を、いったいどこの誰がＳＳＰＳプランなどという、おもてなし意識の高い国の事業と結びつけたのか？

ＳＳＰＳプランの話を会員の誰かから聞いた奥田あたりが、企画の担当責任者である火野坂と渡りをつけて、袖の下を送ってトライアルレッスンをもぎ取ったのだろう――と、最初はアルフレッドも考えた。

貴賓館東京にホテルシップや講習施設としての肩書きが加われば、地位と名声が上がる。

それにより、施設社員の給料、または会員権の価値が上がるなど、何かしらのメリットがあるだろうと思えたからだ。

ただ、当の奥田を調べても、また貴賓館東京の関係者を調べても、これに該当するような金の動きがない。ＳＳＰＳプラン関係者との個人的な接触も見られず、ならば個人的な名誉や満足感に関わるものなのかと考えたところで、ハビブのほうから「ここ最近、価値の下がっていた東京の会員権をわざわざ買い集めている者たちがいる」という報告が上がってきた。

それも、ここのところ社員いびりのひどさが目につき、各国の施設でブラックリスト入り。また、今回の講習ツアーを申しこむも、奥田から即日完売を言い訳に断わられていたＶＩＰ会員たちだ、と。

――こいつらか！

合点がいった瞬間だった。

先に価値の下がった会員権を買い集め、価値が戻るか上がるかしたときに売りさばけば、利益が出る。貴賓館東京がＳＳＰＳプランの会場に、そして社員が教官となり、マリンヴィラ号が国内初のホテルシップ船と認定されれば、自然と評判は上がり、会員権の価値も上がるということだ。ましてや、会員権を買い集めた者たちがこのマリンヴィラ号に同乗し、講習に協力的な客に徹すれば、このＳＳＰＳプランの成功は確定したも同然だ。

むしろ、こうしたお膳立てをした者たちが、ブラックリストのために、一番肝心な乗船ができないと知ったときに、いったいどんな反応を示したのか。今更だがアルフレッドは見てみたいと思ったし、ここだけは奥田に細やかながら「Good Job」を送ってしまった。

というよりも、この一連の企てをするなら、どうして奥田まで懐柔しないのか⁉

変なところで金をケチるから失敗するのだと、声を出して笑ってしまったほどだ。

――これだから、小物な似非セレブは！　と。

ハビブが出航日当日に申しこんだにもかかわらず、マリンヴィラ号の最上階四室中三室に空きがあったのは、こうした理由からだろう。

しかも、最上階の残りの一室を予約していたのがバレーヌだったため、彼は貴賓館から相談を受けると、快く移動してくれた。

結果、ハビブが最上階を貸しきることができたのは、こういう流れからだったので、アルフレッドとしては「小物なエセレブに感謝して乾杯！」だ。

「そこから私たちは視点を変えて、会員のほうを調べた。すると、火野坂に企画部を作らせた上役と関係があったことがわかった。会員側から賄賂と思われる金が流れた痕跡も見つかったので、まあ——これで決まりだなと。それで、会員のほうにはハビブから呼びかけてもらった貴賓館オーナーズより、会員資格の剝奪宣告。火野坂たちに関しては、中津川の友人知人が動いて、即日左遷となった。おそらくは飛ばされた先で免職なり退職になる」

「で、いまここ。みたいな感じ？　さっきは、そのことを奥田支配人に報告したってことか」

響也は簡易的にではあるが、事情を呑みこみ、納得をした。

こうなると、乗船時にアルフレッドが奥田からの何気ない言葉を深読みしたのは、キャッチーすぎるカタログも文言や、前もって得ていた思いこみも手伝った。

その直後に峰元たちを見たことで、確信に変わったのだろうが——。

それにしたって、実は峰元たちの上をいくいびり会員がいたというのは、苦笑しかない。

先に断ったというのだから、奥田もトライアルレッスン自体は成功させたかったのだろう。

さすがに他社から来ている講習生をいびり倒されたら目もあてられないことになる自覚はあったようだ。

「まあね。ちょうど週末にかかっているし、彼が癒着に関係ないってことは、彼のとこへ報告がいくのは月曜になるだろうと思って」

「あ――。そっか。でも、そうしたら今回のトライアルレッスンやSSPSプランは、なかったことになっちゃうのかな?」

ひょんなところから発覚したとはいえ、SSPSプランの根底を揺るがす事態だ。

響也自身には済んでしまったことだが、こうなると講習生たちが気の毒だ。

「そこは、急遽中津川の後輩が、すべて引き継ぐことになったそうだ。ただ、こういう経緯だから、ほかに癒着がないかを洗いざらい見直すところからの作業になるらしいし、今回のトライアルレッスンも一データ扱いだろう。ただし、講習を見てきた響也からNG報告を受ければ、今後のSSPSプランに貴賓館東京が指導にかかわることは、まずない。まあ、マリンヴィラ号自体は、ホテルシップ利用にいいんじゃないかとは思うが」

それでも、丸ごと潰れたわけではないようで、響也は少しホッとした。

だが、響也が今回の講習で倶楽部貴賓館東京へ出した評価は、不合格だ。

こればかりは、多少の親愛の情が芽生えたところで、撤回はできないし、する気もない。

それこそ一定のサービスの品質を守るためには、変えることのできない基準はある。

香山配膳として、香山響也として、譲れない基準が――。

「そうなんだ! 越智さんが。でも、そうだよね。俺も、ホテルシップには向いてると思う。直田船長が管理しているマリンヴィラ号なら、お客様も安心して滞在できると思うから」

響也は俯きかけた顔を上げると、改めて力強く歩き始めた。

するとアルフレッドがそっと背中に手を回してくる。

「あとね。今の話をしたあとに、奥田支配人が言っていたよ。今後は自分が先陣を切って、部下や新入社員を見ていくし、叱っていく――って。君には、一番お客様にさせてはいけないことを教えてもらった。言われるまで気づけなかったことが、すでに自分の罪であり失態だ。ここからは、スタッフともども、ゼロからやり直すので、いつかまた見にきてほしい――ともね」

そう言って微笑むアルフレッドからも、安堵が窺える。

今となっては、誰よりも響也にとっての喜びと悲しみを理解するパートナーだ。

〝だから、お願い――アルフレッド。俺に、協力して。俺のことが心配で大事なら、ここで何がなんでも守って！〟

同時に、響也が感情にまかせて言った言葉を誠心誠意受け止め、また叶えてくれた結果が、この七日間の彼の行動であり、一連の報告なのだと知る。

（アルフレッド）

「よかったね、響也」

「うん」

ポンと叩かれた背中が温かい。

（大好き！）

こうして響也がアルフレッドとともに大宴会場の入り口まで来たときだ。

「わーい！　にーちゃんお帰り！」

大宴会場前のフロアには、待っていましたとばかりに声を上げた響平たちがいた。

「え⁉　響平。兄貴たちも、来てくれたんだ」

「へへへ。こんにちはーっ」

「え⁉　マリウスまで！」

おそらくアルフレッドが手を回して招待したのだろうが、この場には正装姿の圏崎と響一に連れられた響平に加えて、マリウスとハビブまでもがいた。

いったい、この二人は、いつから日本にいるのか？

マリウスなど、響平とお揃いの白いセーラーツーピースを着こんで、超ご機嫌だ。

貴賓館パリでの夜が甦ったような再会に、響也はしばし唖然としてしまった。

ただ、響一が言うには「きっかけは響也が送ってきた制服姿の写真画像」らしい。

それを見た響平が、「これ可愛いから、まーくんにも見せる！」とメール転送をしたら、その二日後には二人分のセーラーツーピースを持ってやってきたというのだ。

もっとも、ハビブからすると、マリウスを同伴したのは、もともとこちらへ来る予定があったから。ようは、サプライズでアルフレッドを乗船させるだけの話が、こんなことになってしまったので、気にはなっていた。そこへ、アルフレッド自身からも「調査協力をしてほしい」という依頼があったので、実は講習の三日目には、マリウスとともに渡日してきていたというのだ。

こうした行動が、今聞いたばかりの報告にも繋がっている。

「そうだったんだ。ハビブもありがとう！」

「どういたしまして。だからサプライズは駄目なんだって、菖蒲には怒られたけどな」

「ハビブってば！」

もっとも、ハビブに関しては、アルフレッドへのどうこうよりも菖蒲の存在が大きそうだ――とは、思ったが。いずれにしても、こうして笑顔で再会できたことは、何よりだ。

「――あ、いたいた。響也！」

「叔父貴。専務――っ⁉」

と、ここで呼ばれて振り返ると、響也の目には、足早に寄ってきた香山と中津川が映った。

礼服姿で現れたということは、ここもアルフレッドの手配だろうとわかる。

「お疲れさん。最後の最後まで、ご苦労様だな」

「今回は、本当にありがとう」

しかも、二人の後ろには、以前見かけたときより精悍な表情をしている男性もいた。

「このたびは本当にご迷惑をおかけして――」

「越智さん」

あまりに人が揃ったことから、響也は無意識のうちにアルフレッドを見る。

だが、同時に会場内からは、生演奏のダンス曲が流れて、迎賓が始まった。

「とりあえず、一度中へ入ろうか。開会の挨拶が済めば、ブッフェと仮装舞踏会がスタートする。講習生たちの修了式は、閉会間際で盛り上げようって予定だし、少しくらい立ち話をしたところで、楽しむ時間はたっぷりあるはずだから」

響也はアルフレッドに促されるまま、まずは全員で会場内へ入った。

日高氏による開会の挨拶で、パーティーはスタートした。

響也は、改めて越智から謝罪を受けることになった。

「このたびは、響也くんには大変な思いをさせてしまって。また、講習生としてなどという、侮辱と取られても仕方のないお願いをしてしまい、本当に申し訳ありませんでした。私自身にもっと力があれば、こんなことには。中津川先輩を頼ることもなかっただろうし……」

響平とマリウスには、圏崎と響一が先に食事をさせていた。

響也の側には香山と中津川、アルフレッドにハビブが残ってはいたが、話には入ってこない。

これは越智自身のけじめなのだろう、身体を二つに折って、誠心誠意謝罪をしてきた。

ここ数日で、いろいろなことが一気に起こったのだろうが、かなり自虐気味だ。

なので、響也は彼に頭を上げさせると、ニッコリと微笑んだ。

「でも、結果としては、うちの専務を頼ったことで、俺に漏れなくついてきたアルフレッドが動いてくれて、ハビブや貴賓館アラブの人たちも動いてくれました。企画そのものは残しつつ、諸悪の根源だけを間引きすることができたんだから、これって結果オーライじゃないですか！ それに、こう言ったらあれだけど。もしも越智さんに、ある程度のポジションや力があったら、この企画チームには選ばれていないと思うんですよね。火野坂部長の思いどおりにならないし」

彼が真面目で正直なのはわかっているので、あえて自分も思ったままのことを口にした。

当然、これには、越智もハッとした。だが、的を射すぎていたのか、更に肩が落ちる。

「けど、そうなったら、この企画は癒着し放題な首謀者たちの思うがままに進んでいっただろうし、仮にそれが世間にバレたときには、とんでもなく大事になっていて。いったいどこの幹部だか長官だかが揃って謝罪会見するんだろうって、ところまでいくと思うんですよね。上にいけばいくほど、隠蔽体質を発揮しそうだし」

ただ、ここまで言ったら遠慮はしない。響也はどこまでも笑顔で痛いところを突きまくる。

「だから今回のことに関しては、越智さんが企画部にいたことが幸運だったと思います。それこそ、まだまだ企画部内でのトライアルレッスンの段階で、黒い部分を排除できたって考えたら、誰にとってもＷｉｎＷｉｎだし。また、こういう段階を踏んだからこそ、この企画の新たな責任者が、真面目に仕事をこなしてくれること間違いない、越智さんになったんですから！」

「響也くん」

未来のために必要な経緯だったと言いきる響也は、いつにも増してポジティブだ。

この時点で、かなり越智も安堵したように見える。が、響也は更に言葉を続けた。

「――ただ。それでも俺たちに。ううん、俺自身にほんの少しでも申し訳なかったって思ってくれるなら、個人的な話を聞いてもらってもいいですか？　俺ごときが生意気なって思うのですが、ＳＳＰＳプランの資料を読んだ感想というか、意見なんですが」

「何？　もちろん聞くよ」

また少し越智の顔が不安そうになったが、響也は思いきって口にする。

これこそ、最初に手にしたＳＳＰＳプランのカタログを読んだときから、感じていたことだ。

「そもそもこの国には、長い時間をかけて積み上げられてきた、この国特有の〝おもてなしの精神〟があると思うんです。それこそ一流、老舗、大手にかぎらず、業界全体を見ても、他国に自慢はできても、劣ることはないと思ってます。そのよさを、またこれらを守り続けてきたサービス業関係者たちを、どうか切り捨てるような形でのホテル整備だけは、しないでほしいんです」

響也が話し始めると、越智が両目を見開き、固唾を呑んだ。

「あとは、セレブや要人にかぎらず、海外からの集客にもっとも必要なのは、施設の質やサービスの向上ではなく、まずは治安のよさであり、遊びにきて心から安全だと思える安心感なんじゃないかなって。立場を変えれば、簡単なことですが。もしも自分が海外へ遊びに行きたいって思ったときに、選ぶ基準って、自国では味わえない何かがあるのと同時に、心配なく行って帰ってこられるところだと思うんです」

これには香山やアルフレッド、ハビブも黙って耳を傾ける。

特に中津川は真剣だ。最初に越智から相談されたところで、香山や響一、響也がどういった感想を、また危惧を抱くのか、想像がついていたからだろう。

「日本で生活をしていると、最近治安が悪くなったかな? 怖い事件が増えた? なんて思うこともあります。それでも、この国は治安がいいほうだし、サービス業に従事していなくても、他人をもてなす心や習慣のある国だと思うんです。ただ、どんな人であっても、自分と生活に余裕がなくなれば、他人をもてなす、気にすることなんてできません。それが海外からの――なんてことになったら尚更です」

越智は、響也の話に口を挟むことなく、また視線を逸らすことなく、じっと聞き続けてくれた。

「だから、海外からの集客や外貨獲得を目標に掲げるのなら、まずはもっと根本的なことから検討してほしいです。そこに勤める、生きる者たちの生活を無視して、集客用の施設やその場だけのサービスを整えたところで、いずれはボロが出るだけだと思うし。何より、この国に住む人たちの幸せが第一でなければ、国として成り立たなくなってくると思うので――」

そうして響也が思いのすべてを伝え終えると、越智が幾度となく頷いた。

自分の中で、言われたことを反復していたのだろう。最後には、大きく頷いてみせる。

「わかった。承知したよ。私にどこまで、何ができるのかは、これからやってみなければわからない。けど、君の意見や感想は胸に留めて、今後の仕事に活かしていく。最善を尽くすよ」

「ありがとうございます」

彼自身、突然持ち上がりで企画を任される形になったが、まだまだ大きな組織の中では力不足なのは自覚していることだろう。これればかりは、一朝一夕でどうにかなるものではない。

しかし、だからこそ、自分なりの努力や誠実さで、この企画を進めていくしかない。協力者を募り、増やし、形にしていくしかないことも覚悟しているのだろう。

SSPSプラン自体が、大本のホテル事業の拡大から見れば、末端の企画だ。

それもトライアルで動き始めたばかりなのだから――。

「それにしても、参るな。響也くんは本当に二十歳の大学生？　見た目だけだと高校生かと思うのに。こうして話をしていると、中津川先輩と話をしているような錯覚を起こすよ」

会話が一区切りすると、越智が照れくさそうにして、中津川をチラリと見た。

「それは、極上な褒め言葉として、受け取っておきますね。あ、でもこれだけは覚えておいてくださいね。俺はバイトリーダーではなく、香山配膳の現役ナンバーツーなので！」

などと話して笑い合うと、流れてきた曲に合わせて、アルフレッドが動いた。

「そろそろ、いい？　彼らに先を越されてしまったよ」

差し出された手の先を見ると、大宴会場の中央では響平がマリウスにリードされて踊っていた。響平のぎこちない動きがかえって愛らしく、場内がいっそう優しい空気に包まれていく。

「Shall we dance?」

「――Yes」

響也は改まった誘いに頰を染めるも、彼の手に手を乗せて、ダンスフロアへ向かった。

二人の動きに合わせて、二つに割れた裾が優雅に舞う。

「ラフィーウがアルフレッド？　え⁉　僕の親愛なる友が、あの柄の悪いアラブセレブ⁉　なぜ、そんな変装を？　というか、そうしたらパリで見た彼の彼女は？　まさか響也は浮気相手？」

ただ、この様子を複雑極まりない気持ちで見ていたのは、今になって奥田からラフィーウの正体を聞くことになったバレーヌ。

そして、小坂を始めとする講習生たちだ。

「まあ、そうだよな。普通に彼女がいる俺たちでさえ、幾度となく〝響也は可愛いから気をつけろよ〟って、さらっと口にしたくらいだ。すでに放っておかない人間がいたとしても不思議はない。むしろ、当然だよな」

「アイドル級に可愛くて、語学が堪能で仕事ができる。気配りの達人で、一緒にいるだけで心が安らぐってなったら、そりゃあ全財産投げても〝お願いします〟ってセレブがいても、まったく不思議じゃないしな」

「――ってか、相手の性別とかもう、まったく気にならないわ。完全にプライベートに戻った響也の嬉しそうな顔がマイナスイオンか上野のパンダかってくらいの癒やし効果。ただ、俺としては、ＳＳＰＳプラン講習一期生のリーダーではいてほしい！　今この瞬間も‼」

　彼らは、響也に彼氏がいるのは受け入れるにしても、自分たちのバイトリーダーが横取りされたことに悲憤し、すっかりやけ食い、やけ飲みに走っている。

「お前らよ〜」

「だって、中尾さんっ！」

　ただ、これればかりは仕方がない上に、今日という日まで飽きるほど見てきた光景なので、中尾は「今夜だけだぞ」と言いつつ、彼らの愚痴に付き合うことにした。

　ここを出てからの二次会設定までして、終電まで面倒を見ることになった。

　ただし、基本、ケチなことは言わない男ではあるが、それでも講習参加から今夜の宴会予約取りつけを称える社長からの金一封では、まったく賄えないほどの出費で懐を痛めたことだけは確かで。後日この愚痴を聞かされるのが、同期の香山や中津川であることも、今や逃れられない運命だった。

7

開催場所こそ赤坂プレジデントの大宴会場に変わったが、マリンヴィラ号の乗員・乗客たちによる仮装舞踏会と講習修了打ち上げ会は円満に終わった。

講習修了書の発行に関しては、

「今回の内容では、コミ・ド・ランの初級が身についたことにはならない。かといって、皿盛りの持ち回りを見ても、ようやく慣れてきた程度で、シェフ・ド・ランの域にはほど遠い」

そう言って、中尾や響也がバッサリ切り捨てたことから、一部内容が変更された。

しかし、代わりに倶楽部貴賓館東京マリンヴィラ号でのサービス講習体験修了書内に、客員指導・香山配膳事務所の名称が記載された。

講習生たちは、「これが一番嬉しい！」と素直に喜び、また「自信、自慢になる」とも口にし、実際にこれを横で見ていた中尾の部下たちからも、

「どこの証書よりも確かだよ」

「羨ましい！」

「ただし、これで心の込もっていないサービスをしたら、どこで信者に闇討ちを食らうかわからないから、心して励めよ！」

――などと言われてしまった。

中には「赤坂プレジデントの名前は入らないのかな？」と、中尾をも指導員として見ている者

もいたが、そこは「最初から講習生として申しこんでいるから」と、中尾自身が記載を辞退したことを教えてくれた。

「でも、そう言ってもらえると嬉しいよ」

かなり照れくさそうにしていたが、響也だけは知っている。

(実は、日高様やバレーヌ氏を始めとする相当数の会員さんに、赤坂プレジデントでの宿泊を確約させてたからな〜。しかも、ちゃっかり披露宴の相談も一本、二本受けてたから、さすがに指導員は名乗れないよな。まあ、社長からは金一封が出るだけで、中尾さんとしては、内心ニンマリだろうけど!)

講習生の世話をしつつも、中尾が松平の冗談を真に受けて、本当に乗客たちをナンパしていた。しっかり九階層のVIP会員たちのハートを摑んで、こうして仮装舞踏会を筆頭に、今後もバンバンと宴会部の仕事を増やしていたことを——。

そして、数日後——。

「あ、お待たせ! 待った?」

響也は出張講習を頑張ったご褒美も兼ねて、今日一日はアルフレッドと普通のデートをすることになった。

「いや、今来たところだよ」

「そうなんだ。よかった——って。うはっ! この定番のやり取り、夢みたい! ワクワクしてきたよ」

「よかった。さ、行こうか」

二人が待ち合わせたのは、行き交う人も多い渋谷のハチ公前。

ここから渋谷の駅周辺をぶらぶらと歩いてから、まずは映画鑑賞だ。

「うん！　あ、そうだ。これ、アルフレッドが買ってくれたダッフルコート。軽くてすごく温かいよ」

「そう。よく似合ってるよ」

「へへっ」

そうして映画を観たら、駅へ戻ってあえて電車で移動。原宿で下車をし、散策がてら買い食いをしたり、カフェでランチを摂ったりしながら、上野方面へ。

響也が興味を持ちそうな資料館や美術館、または動物園などの候補から好きに選んで立ち寄ることになっている。

行く先々で、スマートフォンでの自撮りも忘れない。

また、その後は、いきあたりばったりで店を選んでディナータイム。

最終的には、上野動物園近くのパーキングに前もって駐車された軽自動車で、ドライブがてら六本木のマンションへ帰宅というのが、秘書たち〝普通のデートプロジェクト〟チームが練りに練った、可もなく不可もないデートコースだ。

ちなみに、アルフレッドは「一応ご年齢を考慮し、トータルコーディネイトで五万円以下で頑張りました！」という秘書の言葉を信じたふりをして、シンプルなシャツにスラックス、ダウンコートを着こんだ。

それこそ秘書が「肌に合わないかもしれない」と危惧したくらいなのだから、タグなどあってもなくても、アルフレッドは着れば衣類の素材の質も価値もわかる。

ああは言っても、わざわざノンブランドを装ったオーダーメイドだな——と、気づきはしたが。

ここは「ありがとう」だけを言って、彼らの努力を労った。

「わ、SOCIALに、こんなシンプルでタグやロゴのないシャツやダウンコートがあったんだ！でも、やっぱりものがよさそうだよね～。縫製からして違うもんね！」

一目で響也が見抜いたことも、アルフレッドの墓場まで持っていく話のリストへ放りこまれる。

(——まあ、そうだよな。なんでも勉強、サービストークのための肥やしとして吸収してしまう響也は、こういったものに関しては目利きだ。むしろ、私は欺けても、響也は無理だったかもしれない)

また、髪色に関しては、昨夜響也が気恥ずかしそうに、

〝これはこれですごく似合ってカッコいいんだけど、浮気しているみたいでドキドキするんだよね。へへへ〟

——と漏らしたことから、その場で秘書だけではなく、行きつけの美容院のオーナーが呼びつけられて、元の栗色に戻された。

アルフレッドは、たとえ自分の変装であっても、響也が浮気心に駆られるのは許せないらしい。

デートでこのあたりを歩き回るなら、黒髪のほうが目立たないだろうに、そんなことはお構いなしだ。

それでも普段は流している前髪を下ろすなどして、少しでもカジュアルに見えるように努力はしていた。

その甲斐もあり、

「やっぱり落ち着く！　スーツじゃないだけでも、充分違って見えるけど。でも、なんだろう。この安心感！　やっぱりアルフレッドは栗色の髪のほうがいいや」

「それはよかった」

響也の浮気心も吹き飛び、アルフレッドはご満悦だった。

——これで本来の自分で普通デートだ！　と。

ただ、この変なこだわりと奇妙な努力は、誰もが想像もしていなかった問題を招いた。

「すみません。私、こういう者なんですが、どこかの事務所に所属されてますか？」

「間に合ってます」

主が留守の間も秘書たちが奔走し、普通の王道を目指したはいいが、何をどうしたところで、元の作りのよさが普通になることはない。

むしろ、いつもなら、たとえ街中を歩くことがあっても、気軽に声をかけられるような雰囲気ではないので、こうしたスカウトなども受けないのだが——。

意識して作りこんだカジュアルさやシンプルな装いが、思いきって声をかけられるところまでハードルを下げてしまったらしい。

すれ違う人が振り返るし、電車に乗ってもジッと見られるしで、今度は別の理由から落ち着けなくなってしまったのだ。

これはアルフレッド本人よりも、響也のほうが強く感じた。

（そうか――。思いつきで〝普通の〟なんて言っちゃったけど。アルフレッドに関しては、周りから見て明らかに別世界の人かつ、近寄りがたいオーラが全開になっている普段どおりのほうが、本当に必要がある人しか声をかけてこないから、平穏に過ごせるんだ）

これは、のちにハビブが調べてくれた、倶楽部貴賓館が招いた失敗にも似ていた。

創立からしばらくし、新たな会員との繋がりや、倶楽部の裾野を広げるために、入会金や年会費の最低ランクを下げたところ、それまではいなかった成金や似非セレブが紛れて、雰囲気が変わってしまった。新人いびりを楽しむような質の悪い会員を増やすことにまで、繋がってしまったのだ。

「ごめんね。アルフレッド。俺が普通のデートなんて言ったばかりに、こんなことになって。落ち着けないよね？　せっかくのお休みなのに、かえって疲れさせちゃって」

響也は一日の予定を終えて、長身な彼には乗りづらそうな軽自動車のナビシートに落ち着くと、何から何まで反省してしまった。

強いて言うなら、こうしたデートをこだわったのは秘書たちだが、アルフレッド自身も途中から貴賓館やSSPSプランのことで構っていられず、ほとんど任せきりだったので、文句は言わない。

響也は何かにつけて謝ってきたが、アルフレッド自身は絶対に自分からはしないことが多かったためか、けっこう楽しんでいた。

「そんなことはないよ。私はこうして響也と一緒に過ごせるだけで、楽しいし、癒やされるし、日頃の疲れも吹き飛ぶよ。まあ、そもそも響也とは毎日一緒にいるんだから、疲れが溜まることもないけどね」

最愛の響也とのデートだ。

そう思えば、初めて入れたスマートフォンのアプリで、改札を通り抜けたことさえ新鮮で愉快だったのだ。

「アルフレッド」

「それに、周りばかり気にしている響也の百面相が見られて楽しかったし」

「俺、そんなに変な顔してた？」

「変と言うよりは、可愛い仔犬が警戒心剝き出しで、周りを威嚇していた感じ？　それを見た相手が、逆に〝可愛い〟って盛り上がっていたのには、私のほうが〝寄るな、見るな〟って吠えそうになったけど。総じて言うなら、いい経験になったし、とても楽しかった」

「――なら、よかった」

響也からしても、大好きなアルフレッドと一緒にいられるなら、どういう状況でも構わないだろう。

それが確認できただけでも、実りのあるデートだった。

ただし、「もう一度したいか？」と聞かれたら、響也も「ここまで普通にこだわるのは、もういいかな」とは思ったが。

「あれ？　家に向かってないよ？　道を間違えたんじゃない？」

「いや。これで合っているよ。せっかくだから、デートの締めくくりに一泊してもいいかなと思って」

「一泊？」

ただ、これで終わりだと思っていたデートは、まだ続いた。

二人を乗せた軽自動車が向かったのは、新副都心の中でもまだ未開発な土地が目立つ湾岸沿いの白亜の城のような宿泊施設。幾度かマリンヴィラ号のデッキからも目についたが、外観が倶楽部貴賓館パリにちょっと似ているな——などと、思っていた建物だ。

「え？　お城？　テーマパークホテルってあるけど、これって通常はラブホテルとかって呼ばれるやつだよね？」

いつかどこかで聞いたような、短時間利用から宿泊まで対応している休息所。

だが、二十歳そこそこの響也からすれば、もはや前世紀の産物だった。

物心ついたときから、ホテルと言えばシティホテルだった響也にしてみれば、それこそ友人知人が極たまに話題にしているのを小耳に挟んだくらいで、当然実物を見るのも、入るのもこれが初めてだ。

「全室コンセプトが違う仕様の宿泊施設らしいよ。若いうちなら、こういうところもありなのかなと思って。ネットで予約もできたから、試しにね」

とはいえ、最近の若者でさえ利用しているのかどうか、わからないようなラブホテルだ。

響也はもとより、アルフレッドだって初めてだろうが、なぜか彼のほうが浮かれて見える。

ここへきて、ハンドルを切る手が軽やかなのは、決して見間違いではない。

（——それは、学生デートにかこつけてるだけなんじゃ？　多分、デートコースを模索してるうちに、見つけちゃったんだよね？　アルフレッドのことだから、一度引っかかったら、気になって気になって仕方がないから、来ちゃったんだよね？　さすがに一人では入れない場所だし。仕事にかこつけたとしても、圏崎と一緒に来たら、いろいろマズそうだもんね）

響也は、それにしてもネット予約もできるのか——と、感心しつつも、アルフレッドが決めたのならと、そのまま従うことにした。

今夜の寝床が変わるだけだし、むしろ興味があったとしても、自分から誘うことができるかどうかと聞かれたら、躊躇う場所だ。

それをアルフレッド主導で、中を見られるなら——と、かえってワクワクしてきたのもある。

そもそも好奇心が強いのは、アルフレッドより響也のほうだ。

（でも、こういうところって、こぢんまりしてて、ベッドとお風呂しかないみたいなイメージだけど、アルフレッドに耐えられるのかな？）

予約で指定された場所に車を停めて、扉を開くと、そこはもう専用のエントランスフロアだった。

中扉を開くと、驚くような光景の部屋が広がっている。

「わ！　海底？　竜宮城⁉　壁一面が水槽で、本当に魚が泳いでる！　しかもけっこう広い」

「——‼」

響也は入った途端に目についた水槽に驚き声を上げるも、その目をキラキラと輝かせた。

しかし、それに対してアルフレッドは一瞬入り口で立ち止まる。

おそらく、ネットのサイトで見た印象とは、いろいろ大きく違ったのだろう。

（え？　水槽って、こう……大型テレビくらいのサイズで、熱帯魚が……あれ？）

どうやら室内見本の写真の認識が違ったようだが、こうなるとさっさと一人で部屋の奥へ入っていく響也は止められない。

「ちょっと待って！　今、まんぼうが横切ったよ！　これ、海水魚の水槽なの？　もしかして、壁の向こう側は水族館としてオープンしてますなんてオチじゃないよね？　もしくは、鯵とか鯛とかの生け簀になっていて、居酒屋さんをやっているとか？　なんかあの鯵、美味しそうだし！」

響也は水族館並みの厚さがあるだろう、水槽のガラスに張りつき、両目をこらして中を見ている。

確かにブルーを軸にライトアップされた水槽を間接照明にした室内は、まるで海底の竜宮城にいるようにも見えるが、それにしては響也の発想が商業的だ。

それも、水族館までなら理解の範囲だが、居酒屋の生け簀にたとえられた日には、アルフレッドもついていけずに茫然となる。

ましてや「美味しそう」まで言われたら、中で泳ぐ魚も気が気でないだろうに――と。

だが、響也のはしゃぎっぷりが大きくなることはあっても、小さくなることはない。

「わ！　何、このベッド？　大きな貝がパカッて開いた形になってるよ！　なんか、人魚姫のベッドみたい。アルフレッド、すごいよ、ここ‼　超、楽しい！」

水槽壁のリビングを通り抜けて、寝室へ入ると、ピンクと薄紫でライトアップをされた部屋の中央にドン！　と置かれたアコヤガイ風のベッドを指さし、ケラケラ笑う。

しかも、更にすごいのが、ベッドの足下側の壁に、ガラスで仕切られたバスルームだ。

「お風呂場には人魚のコスプレができる尻尾まであるし、珊瑚礁のお風呂みたいな湯船の縁に、なんかゆるキャラっぽい、タコとかイカもくっついてる。でも、どうしてタコとイカ⁉　あ、このタコの口からお湯が出るんだ。イカの吸盤は——ジャグジー⁉　これで湯船が、アワアワになるのか。もう——、あっはははは‼　ねえねえ、アルフレッド。これ、全部写真に撮って、兄貴に送っていいよね！」

響也は楽しいの域を超えて、もはや愉快になってきたらしく、あちらこちらをスマートフォンのカメラで写し始めた。

いきなりこんな写真を送られてきた日には、響一だってどう返したらいいかわからないだろう。何より、もしそれを圏崎が一緒に見ていたらと考えると、アルフレッドはこの時点で目眩がしそうだった。

どうりで秘書に予約を指示したら、複雑な顔をされたはずだ。

新入社員たちと目配せをしながら、「いや、ここは……」「響也さんには間違いなく、喜ばれる気はしますが……」「うーん」という、意味不明な苦言に耳を貸さなかったことに、今更だが大反省をした。

確かに喜ばれすぎて、ムードもへったくれもない。

(そもそもあいつらは、ここへ来たことがあるってことだったのか)

ついつい余計なことにまで頭が回ってしまい、形のよい彼の唇が「Oh my God」と呟く。

「セット完了！　アルフレッド、写真撮って！」

「——⁉」

だが、そんなアルフレッドをよそに、響也はいつの間にかタコの口から湯を張り、イカの脚の吸盤ジャグジーで湯船をポコポコさせたところへ、薄手のビニールでできた人魚の尻尾を穿いて、ごっこ遊びを始めていた。

ただ、さすがに自撮りは無理だと悟ったらしく、アルフレッドにスマートフォンを差し出してきたときには、彼も諦めて笑い返すしかなかった。

もう二十歳ではなく、まだ二十歳だった響也の〝遊ぶときは全力で遊ぶ！〟潔さに——。

＊＊＊

——愛する響也のためなら、私はこのような風呂にだって入れる。

——先に電車へ乗ったくらいで、勝った気にならないでくれ。

こんな意味のわからないことで対抗心を燃やされても、圏崎だって困るだろうに。

アルフレッドは、一応〝変な風呂で汗を流した〟言い訳を脳内でしながら、響也の記念撮影をしたあとに、求められるまま尻尾を外す手伝いをした。

その後は一緒に湯船へも浸かった。

こうなれば、尻尾などなくとも、世界で一番元気で可愛いマーメイドだ。

心身ともに疲労困憊(ひろうこんぱい)しただろう講習のあとだっただけに、ここへ来ても無邪気に笑い続ける響也は、いつになく解放感に溢れているように見えた。

そして、それは愛欲にも表れていて……。

「アルフレッド。ちょっと上気(のぼ)せたかも」

響也は自分から両手を伸ばすと、アルフレッドにお世話を強請った。

「承知しました。私の王子様」

その場で身体を拭ったあとに横抱きでベッドまで運んでもらい、貝殻の中央に下ろしてもらうと、自ら両腕をアルフレッドの首へ回す。

「ありがとう。アルフレッド、大好き」

そうして、彼にチークキスをしてから、唇を合わせていく。

「んっ……っ」

「……響也」

その流れのまま身体を返すと、今夜は響也のほうからアルフレッドに自身を被せた。

一糸纏わぬ肉体同士が重なり合う。

(温かい……)

自ら覆い被さると、組み敷かれるよりも体格差を実感したが、今はそれが恥ずかしいよりも頼もしくて愛おしさが増した。

むしろ、包みこまれる安心感の中で、甘えたかったのかもしれない。

「今日のデートは、本当に楽しかった。一生の思い出になるよ。俺のために、こんなにしてくれて、本当にありがとう」

「――張りきりすぎて、おかしなことにはなってしまったけどね。でも、これはこれでよかったね。言われてみれば、いつも同じようなデートばかりだったし――。そろそろ飽きたって言われても、不思議はなかったから」

アルフレッドも照れくさそうにはしていたが、湧き起こる喜びをかくすことはしない。

長くてしなやかな、それでいて見た目よりも逞しい硬質な腕を伸ばして、響也の背を包みこむように抱きすくめてくれる。

「飽きるなんて、そんなはずないじゃん。今回は好奇心が暴走しちゃったけどさ」

「でも、どんなことにも絶対の安心はない。油断大敵が私の身上だから」

「アルフレッドってば――」

今夜は何度キスをしたら、満足するだろうか？

響也は自分から幾度も彼の頬や唇、額にもキスをした。

同じ船の中にいながら、キスをしたのは、七日目のサンデッキが初めてだった。

想像以上の忙しさから、響也の気持ちがプライベートに戻る余裕がなかったのもあるが、アルフレッド自身がそれを見越した対応に徹してくれたのもあるだろう。

ラフィーウとして乗船している自分を崩さないことで、逆に公私から響也のサポートに徹してくれた。

これはこれで忘れられない思い出になる。

（でも今は、アルフレッド。堂々と甘えることが許される、俺の恋人）

響也は、自分のものだと意識するように、栗色の髪に指を入れた。

何か感じるものがあったのか、下肢でアルフレッド自身が反応する。

それを感じて、響也自身もまた――。

同時に撫でられた背筋が、ゾクリとする。

いっそう、反応してしまう。

「俺、これまで気にしていなかったけど。アルフレッドは前髪を下ろすだけで、印象が知的からワイルドに変わるよね。そこへ黒髪となったら――、戸惑っても不思議はないか」

「いつにも増して、悪い大人に見えそうだったよね。鏡を見たときに、自分でも思ったけど」

ただ、当の本人も、秘書たちに作りこまれた〝ラフィーウ・マンスール〟という見た目に惑わされていたようなので、これなら響也がドキドキしてしまったことは許されるかもしれない。

口調も少し変えていたし、普段は「私」で通しているのに、「俺」と口にしていただけでも、違和感しかなかった。

出会ったときから、常に紳士で美麗な彼が、ここまでワイルドに見えたことがなかったから余計に――、というのもあるだろう。

それでも、アルフレッドの期間限定の黒髪は悪くはなかった。

響也からすれば、ゲームで言うところのボーナスステージだ。

「外見だけ見たら、否定はしないかな。けど、実際はすごーくいい大人だからね」

響也は、少し上体を起こしながら、彼の腹部を跨ぐように脚を広げた。

身体をずらしたところで察してくれたのか、背に回っていた彼の両手が腰からこぢんまりとした臀部(でんぶ)へ流れて、しっかりと支えてくれる。

「そう？　いい大人が高校生を誑(たぶら)かしたのに？」

自分からなのか、アルフレッドからの誘導なのか、響也の下肢が前後に揺れると、お互いの自身が擦れ合った。

「それでもアルフレッドは……、俺に好きだって告白はしても、何一つ無理強いはしなかったでしょう。俺が……、そんなの嘘だ、からかわないでって言い続けた間は――。まあ、チュウくらいはされちゃったけど。でも、俺が心から好きって言葉を信じられるようになるまで、ちゃんと待っていてくれたから」

すでに意識し、中ほどまで起き上がっていただけに、二人の欲望はすぐに膨れ上がって、いっそうお互いを刺激し合う。

響也からすれば、これだけでもすぐにイッてしまいそうだし、イッてしまいたいとも思う。

身体の奥から込み上げてくる願望からか、強く腰をくねらせる。

次第に硬く、大きく膨らむアルフレッド自身が欲しくて、密部がヒクヒクするのが自分でもわかった。

「それこそ……俺だってアルフレッドを好きなんだって、自覚をするまで。今、自分の気持ちを認めなかったら……、一生後悔する。手に入らないって気持ちが……盛り上がるまで……ね」

響也は、このまま入れて――と、少し腰を浮かせた。

しかし、ジッと見上げてくるアルフレッドは、不意にニヤリと笑うと、利き手を腰から胸元へ滑らせた。

小さく尖った胸の突起を指先で捕らえると、キュッとつまみ上げてくる。

「あんっ！　アルフレッドっ……」

こういうときは、焦らしにかかってくることが多い。

――もう、すぐにでも中で感じたいのに！

そうした愚痴さえこぼせないまま、響也の背筋がピンと仰け反る。

「いいよ。続けて。響也の話も聞きたい。でも、ちょっと悪戯もしたいだけだから」

「もうっ」

「やっぱり悪い大人かな」

「そうだね！」

自分で認めていれば、何をしてもいいと思っているのが見え見えだ。

だが、こういうときにどう返したら、彼をやりこめられるか、悪戯せずに愛してくれるのかは、響也も知っている。

すっかり紅潮した頰で、悪戯な悪い大人を見下ろすと、

「――でも、これだは知っておいて。俺が、アルフレッドのことが大好きなのは、最高のサービスマンであり、尊敬できる技術と精神を持った同業者だからだって」

響也は唇を尖らせながらも、揺るぎない本心を言葉にした。

その瞬間、彼の手は止まり、両の瞼が大きく開いて、ブルーの瞳を覗かせる。

――してやったりだ。

「いつも俺とは違う視点から物事を見ていて、俺が迷ったときには、すぐに自分なりの考えと答えをくれる。今回の講習でもそうだったけど、俺はいつもアルフレッドのサービスに対する思いや姿勢から、いろんなことを教わってる」

だが、響也からの告白は、多少アルフレッドをやりこめたくらいでは、終わらない。

普段から彼に「好き」は連発しているほうだが、響也が一番心を震わせるのは、やはり職場に

立って、厳しく周りを見ているときなのだ。

「本当に、優先するべきことがなんなのか……。ときには、守るべきもののために、切り捨てるものが出てくる。そう判断することも、必要なんだ……ってこととかね」

そしてそれは、ラフィーウとして過ごした一週間の間も変わらない。

彼が放った言葉の数々は、VIP会員を装ってはいるが、響也からすれば一人のサービスマン、ホテルマンとしての信念だ。

「アルフレッド、大好き。愛してる。誰より、尊敬してる」

そうして、すべてを打ち明けると、響也は上体を前に倒して、アルフレッドの胸に身を寄せた。

そうすることで、僅かだが腰を浮き上がらせて、彼を迎えるための密部に、彼自身を誘いこむ。

「――え？　なんか、ドキドキしてる？」

ただ、頰を寄せた彼の胸元からは、激しい鼓動が響いてきた。

いつもなら、こうした告白に喜ぶことはあっても、ここまで胸を高鳴らせることはない。

響也は少し驚き、顔を上げた。

同時に、浮かせたはずのお尻も、ペタンと彼の腹部につく。

「そりゃ、こんな殺し文句は、言われたことがないからね」

しかし、面と向かって覗きこんだ彼の顔は、いつにも増して嬉しそうだった。

目にした響也のほうが気恥ずかしくなるほど、至福そのものといった微笑を浮かべている。

「そうかな？　俺、いつも言ってると思うんだけど……」

「そうだね。黒服ではね。でも、ベッドで言われたのは、初めてだから――」

それでも、彼が自身の欲望から気を逸らしたのは、ほんの僅かな数十秒だけだ。

すぐに普段どおりの、冷笑さえ似合うクールな表情になると、響也の身体を抱き直して、体勢を入れ替えた。

響也を俯せにして覆い被さり、外耳にキスをしながら、カプリと噛む。

これだけで、響也は肩から腰まで震える。

「ぁんっ……。また色気のないこと言っちゃった？」

「そんなことはないよ。響也は自分じゃ知らないだけ。でも、これは私以外の誰も知らなくていいことだから」

アルフレッドが、慣れた手つきで、響也の双丘に指を這わせる。

いつになく性急になっている密部を弄り、入り口を指の腹で探って、じっくりと中を犯していく。

ズブリと差しこまれては、引き抜かれる動きにつられて、再び腰が揺れ惑う。

「んっ……っ」

「世界中のどこを探しても、私をこんなに幸せな気持ちにしてくれるのは、響也以外いない。寝ても覚めても、私は響也が好きで、愛おしくてたまらない」

肩越しに囁く彼の声に鼓膜が震え、差しこまれた長い指の蠢きには下肢が震える。

「俺も……」

時折臀部に触れるアルフレッド自身は、すでに欲望で満たされているのがわかり、響也の身体がいっそう熱を帯びてくる。

特に内部は、蠢く指で探られ続け、もっと大きな刺激が欲しいと響也自身にも訴えていた。

「も……、いいよ。また……、俺だけイっちゃうじゃん。だから――、ね。アルフレッド」

響也は上体を捩ると、自らも膝を曲げるようにして脚を開き、彼を誘った。

少年の名残を残す肢体が、シーツの上を滑る様は、これ以上ないほどアルフレッドを熱くする。

「そう。なら、遠慮はしないよ。私の響也――」

響也の腰を軽く引き寄せると、アルフレッドは抜いた指の代わりに、自身を押し当てる。

「……っ」

大きな圧迫感とともに、入りこんでくる彼自身を感じて、響也は「ぁ」っとくぐもった声を漏らす。

だが、その表情は恍惚としており、奥まで突き入ることを求めるアルフレッドを安堵させる。

彼の利き手が、構ってほしげな響也自身を包みこんで、下肢と同じリズムでゆるゆると動く。

すると、響也が漏らす吐息が、いっそう甘美なものになる。

「――響也」

「いい……っ。……もっと……」

それでも様子を窺うアルフレッドに、響也は彼を見上げるように、肩ごしに振り返る。

身体の奥で、また心の奥で、最愛の彼を感じながら、今にも蕩けそうな眼差しでキスを強請る。

唇が触れると舌を差しこみ、貪るように絡め合う。

「――っ、可愛い。愛してる」

「……俺も……っ」

呼吸とともに、愛の言葉が漏れる。次第に背後から抱きしめる腕に力が込もり、また響也を突き上げてくるアルフレッド自身の力も増していく。

「ぁんっ……っ、い……。もっと……っ」

「響也っ」

高め合う二人の動きが大きくなるにつれて、今一度響也の腰がうねり、ベッドが軋んだ。

しかし、今はそんな微かな音さえ、快感を増すだけの淫らなスパイスだ。

「も……っ。い……く。アルフレッド……、アルフレッドっ……」

「――っ」

そうして互いを求め合った先で、響也とアルフレッドは理性を呑みこむような快感の波に包まれた。響也が身体の奥で熱い飛沫を受けた瞬間、アルフレッドはその手の中に、熱い飛沫を受け止めていた。


互いが求めるがままに求め合って眠りに就いた翌日のことだった。

本当なら、寝ても覚めても照れくさいか、イチャイチャしているだろう響也とアルフレッドだったが、意外なことから起きた早々、真顔で見つめ合うことになっていた。

「えっと。びっくり。勝手な思いこみで、申し訳ないんだけど。なんか、こういうところのベッドだし、起きたら身体が痛くなるかな～って気がしたのに、すごくよく眠れた。もちろん、アルフレッドが一緒だったから安心感はあるんだけどさ――」

なぜか、二人でベッドの中央に正座し、ベッドマットを両手で押さえて沈み具合などを確認している。

「――いや、正直言って、私も驚いてる。一日動き回って、疲れていたのを差し引いても、ぐっすり眠れたし、目覚めもいい。ちょっとはしたないことをするけど、見逃してくれる？」

響也の意見に同意を示すと、アルフレッドは貝殻ベッドの端からシーツを捲って、マットレスのタグを探し始めた。

奇抜なフレームには驚かされたが、実際に使用してみると、こうしたタイプのホテルからは、想像がつかないほどの高品質だったからだ。

しかも、アルフレッドがするなら「俺も！」とばかりに、響也も反対側からシーツを捲り始める。

こういうときに、円形のマットレスは不便だ。天地がよくわからない。

だが、それだけに、探し当てたときの喜びもなんだか大きい。

「あ！　あった。これ、マンデリンや赤坂プレジデントのマットレスと同じメーカーだ。確か、何年か前に開発されたやつで、すごく評判がいいって聞いたことがある」

先に見つけた響也は、それだけでもはしゃいだ。

そこへ、見知ったロゴマークだったことから、喜び勇んでアルフレッドを手招く。

「――うん。どうりでね。でも、この価格帯のホテルでも使用できるって、以前よりコストが抑えられるようになったのかな？　それならうちでも検討してみたいし。今度、圏崎にも確認しにくるように言ってみるよ」

タグについたロゴマークを手に取り、更に真顔になっているアルフレッド。

しかし、よく聞けば、どさくさに紛れて、すごいことも言っていた。

「ある意味、いい口実かもね！　響一兄ちゃんも送ったメールを見て〝えええええっ！〟って驚いてたけど。実は興味津々かもだから！」

「そうだね。そうしよう」

そうでなくても、昨夜は意味不明な海底写真を大量に送りこまれて、困惑していただろうに。

こういうのをとばっちりと言うのか、巻きこまれと言うのか。

響一と圏崎が苦笑するのが目に浮かぶようだ。

しかし、今はどちらも気にしない。

「――とりあえず、着替えて帰ろうか」

「うん！　すごく楽しかった。ありがとう、アルフレッド」

終わりよければすべてよしというのは、ポジティブな響也らしい。

アルフレッドにしても、改めて目についた水槽の鯵や鯛が気になったが、そこは深く考えないことにした。

どうしても水族館というより、生け簀というワードが頭から離れなくなってしまうからだ。

こんな悲劇はない。

「そうだ。アルフレッド、今日は休みだよね？　俺は夕方から披露宴が一本入ってるんだけど」

「本当はね。けど、マットレスの件も調べたいから、午後から出ることにするよ」

「了解！」

ただ、アルフレッドにとって、本当の悲劇は帰路にあった。

ホテルから出た最初の赤信号で停まったところで、スッと走り寄ってきた白バイ警官に、フロントドアガラスをノックされたのだ。

「失礼。ちょっとお話を聞いてもいいですか？」

「⁉」

そのまま警察官に誘導されて、車を停めたところでスタートしたのは、職務質問だ。

どうやら助手席に乗せていた響也が高校生にしか見えなかったようで、車でホテルから出てきたものだから、警察官が不審に思ったのだろう。

まんまアルフレッドが悪い大人にしか見えなかったということだ。

しかし、普通に考えたら、犯罪の臭いがしてもおかしくない状況に出くわしたのだから、これぱかりは仕方がない。

「すみません。実は、社用で、このホテルで使用しているベッドマットを見せてもらいにきたんです！　彼は、ベルベットホテルチェーンのオーナーで、俺はこう見えて派遣社員です。高校生ではないですし、なんなら事務所に連絡をして、証明してもらってもいいです。彼も会社に連絡をすれば、すぐにでも身元の証明ができますので！」

響也は、取ってつけたような言い訳だったが、腹を立ててるよりショックで口を噤んでしまったアルフレッドをフォローし、懸命に言い訳をした。

「――え？　ベットマットですか？」

「駐車場の出入り口が一つしかないので、誤解をされたかもしれないですが。本当に、ご心配をおかけしてすみません。俺、決して、騙(だま)されて同乗していたとかではないので」

「――ああ。いえ、こちらこそ、失礼をしました。申し訳ございません！」

まさか、こんなところで、先ほどのベッドマットの話が役に立つと思わなかったが。

それでも、これこそが、終わりよければすべてよしだ。

「はーっ。ビックリしたね、アルフレッド。でも、誤解が解けてよかったね！　って、アルフレッド？」

「……」

とはいえ、そこからしばらく車を出せずいたアルフレッドの脳内では、「それみたことか」と言わんばかりに、圏崎の高笑いが聞こえていた。

被害妄想と言えばそれまでだが、これまで幾度となく、響一のことでは圏崎をからかい、辱めてきた自覚はあるので、仕方がないと言えば仕方がない。

今になって、まとめて天罰が下っているのだろうと、諦めるしかなかったが――。

あとがき

こんにちは、日向です。このたびは「舞踏会の夜に抱かれて」をお手にとっていただきまして、誠にありがとうございます。

本書は一冊読み切りで主役カップルが替わっていく香山配膳事務所登録員とサービス理念を軸にした「〜の夜に抱かれて」がつくシリーズの九冊目です。

前作「ベルベット」ではシリーズ第一作目となる「ビロードの香山響一&圏崎亨彦」のカップルを書かせていただき、今作「舞踏会」ではシリーズ第二作目の「晩餐会の香山響也&アルフレッド・アダムス」のカップルで書かせていただきました。

いずれも懐かしい面々でしたが、とても楽しかったです。

ただ、構想を練っていたときには「響也をイギリスに飛ばしてパブリックものを！」「霧のロンドンやら社交界は、アルフレッドにも似合うはず！」などと思っていたのですが、結果は東京湾どまりの話になりました。

しかも、書くだけ書いたら満足するので、あとで削除したらいいやと思って書いたラブホテルネタが、そのまま採用されてしまって、本人が一番驚いております。だって生け簀……（汗）。

長く書いていると、昔は考えられなかった内容にGoが出たりするものです。

それの際たるものが、クロスさんで出していただいた「飯マズ姐」系かと思いますが。

それでも、この香山に関してだけは、明神翼（みょうじんつばさ）先生のキラキラゴージャスな世界観を死守で！　と決めて書いているので、斜め上を行く普通のデートであっても、変なホテルの部屋であっても、最後はマットレスの質を語り始めてしまっても、アルフレッドと舞台はキラキラだったはず！

そう信じて、今もあとがきを書いております。

でも、こんな私のお笑い要素まで含めてキラキラゴージャスに、そしてときには可愛く仕上げてくださる明神先生には、感謝でいっぱいです。

また、年々寄る年波には勝てなくなっている日向のフォローを完璧にしてくださる担当さんにも、足を向けて寝られません。

他、校正様やデザイナー様、ありとあらゆる関係者の皆様。

何より、今これを読んでくださっている皆様。

ただただ感謝です。本当にありがとうございます！

あとがき

そして、こうした自分以外の誰かの支えがあってこそ、日向は今年の十二月で商業デビュー二十五周年を迎えることができます。

何が嬉しいって、デビュー作である「誘惑」の受け・美祢遥が香山配膳FTメンバーで。なおかつ、当時は香山社長がトップのFTだったので、中津川専務もバリバリの現役で現場にいるシーンなんかも書いておりました。

また、攻め橘季慈はマンデリンホテルのVIPルームに住んでいる橘コンツェルンの御曹司で。この元祖カップルに関しては「満月」あたりにチラッと出てきていますが、とにもかくにも「香山配膳で始まり、いまだに香山配膳を書いている」ことが感無量です。

ちなみに、初めて出していただいた現代TLでもヒロインは元香山配膳のサービスウーマンでした。自分でも「どこまで好きなんだよ、サービスが！」と突っ込みたくなりますが、ここはいまだに揺るぎなく大好きです！

なので、今後も機会が得られましたら、配膳ものなり、キャラの仕事が配膳人なりを書き続けていきたいな――と思います。

時代も流行も度外視ですが、惜しみなく、妥協なく、働く男たちのロマンスが大好物ですので、続けていけるように応援していただけましたら幸いです。

そのためにも、まずは年内の発刊を完走し、無事に二十六年目のスタートを切らねば！　ですが。

それでは、ここまでお付き合いいただきまして、本当にありがとうございます。

またクロスさんで、他社さんで、お会いできることを祈りつつ——。

東京オリンピック最中コロナワクチン一回目接種日——日向唯稀

CROSS NOVELSをお買い上げいただき
ありがとうございます。
この本を読んだご意見・ご感想をお寄せください。
〒110-8625
東京都台東区東上野2-8-7　笠倉出版社
CROSS NOVELS 編集部
「日向唯稀先生」係／「明神 翼先生」係

CROSS NOVELS

舞踏会の夜に抱かれて

著者
日向唯稀

2021年9月23日　初版発行　検印廃止

発行者　笠倉伸夫
発行所　株式会社　笠倉出版社
〒110-8625　東京都台東区東上野2-8-7　笠倉ビル
[営業]TEL　0120-984-164
FAX　03-4355-1109
[編集]TEL　03-4355-1103
FAX　03-5846-3493
http://www.kasakura.co.jp/
振替口座　00130-9-75686
印刷　株式会社　光邦
装丁　磯部亜希
ISBN　978-4-7730-6306-6
Printed in Japan